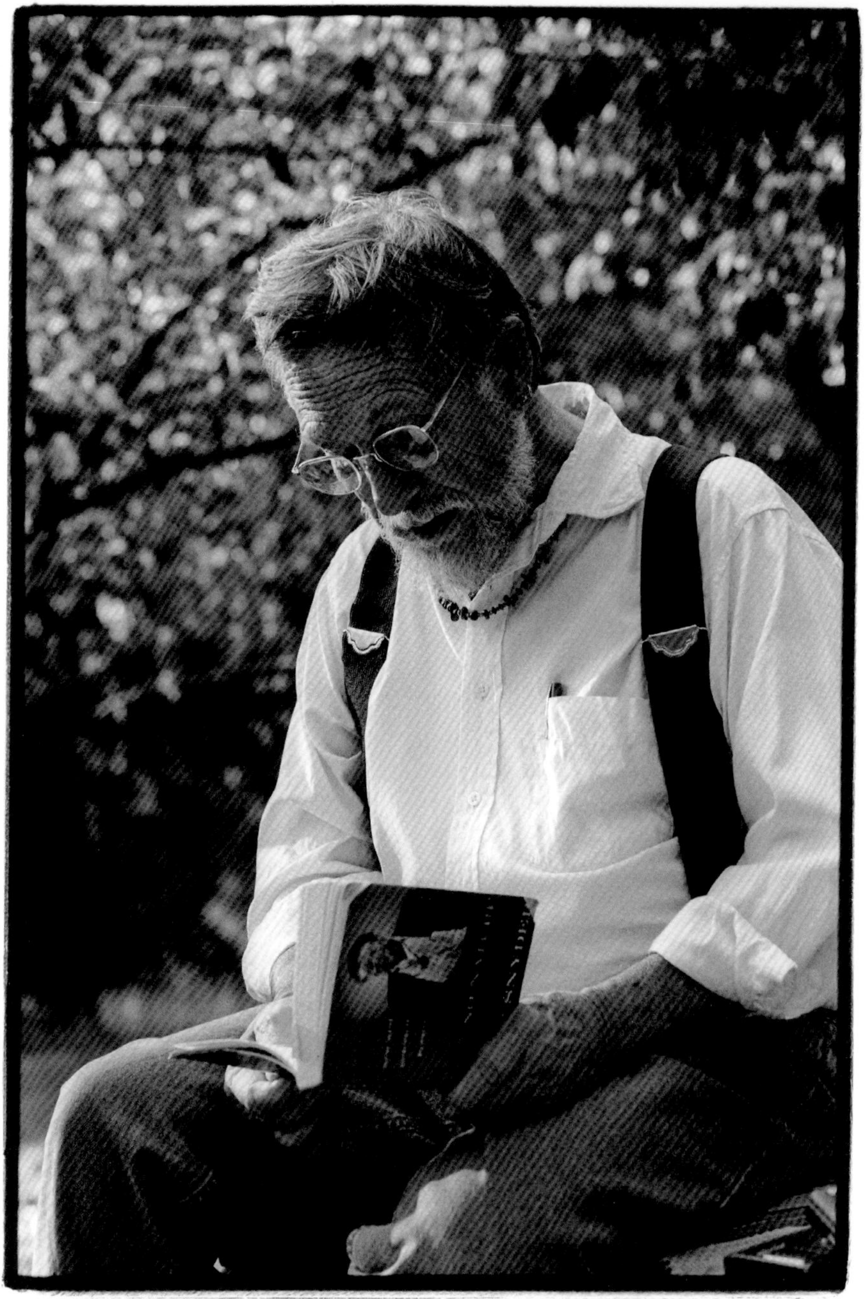

ゲーリー・スナイダー
Poetry and Prose

For the Children
子どもたちのために

写真=**高野建三**
Photograph by Kenzo Takano

編訳=**山里勝己**
Edited and Translated by Katsunori Yamazato

野草社

目次

序文　ゲーリー・スナイダー………6

1 シエラの森から………14

キットキットディジー──網の中の結び目………15
再定住者(Reinhabitory)………20
野生の七面鳥に囲まれて………32
58年型ウィリス・ピックアップを修理する………34
建物………46
浸透性の世界──開かれた空間に住む………51

2 日本の森から………54

夜明けの原爆(Atomic Dawn)………55
アメリカ先住民、禅、部族………64
４月、平野の北の縁、多摩川の岸辺で………72
味わいの歌………74
『惑星の未来を想像する者たちへ』序文………80
カササギの歌………82
原子力エネルギー………85

3 次の世紀………86

子どもたちのために………88
この土地で起こったこと………92
林床を這う………102
森を焼く………106
カリフォルニア平原の川………112

4 私とゲーリー・スナイダー………116

私とゲーリー・スナイダー①
ゲーリーさんに教えられたこと　宮内勝典………118

私とゲーリー・スナイダー②
地球に生かされていることを楽しみながら　長沢哲夫………122

なぜ、いま、ゲーリー・スナイダーか　山里勝己………126

ゲーリー・スナイダー年譜………135
ゲーリー・スナイダー主要著作一覧………140
あとがき………141

序文

ゲーリー・スナイダー
Gary Snyder

　何年か前に山尾三省、三島悟、山里勝己、そして写真家の高野建三がカリフォルニアの北シエラネヴァダにある私の家に訪ねてきて、一緒に料理をしたり話をしたりしながら数日過ごしたことがあった。山尾とは30年ぶりの再会で、初めて彼と会ったのは、サカキ・ナナオと一緒に、東京の郊外や東シナ海の島にあるうち捨てられた牛舎に住む彼の友人を訪ねたり、キャンプをしたりしていたときであった。
　彼らと数日一緒に過ごしたのはとても楽しいことであった。その時の三省との対談は後に『聖なる地球のつどいかな』というタイトルの本になった。山里勝己が3日間続いた対談の通訳をしてくれたが、そのために彼は3日目の終わりには声が出なくなった。いま三省が去った。癌にかかっていたが、三省は屋久島の自宅で最期まで明晰さと気品を保って逝ったのであった。高野さんもすばらしい写真を残して逝ってしまった。享年73歳であった。
　2011年、山里勝己と三島悟から連絡があり、建三さんの写真と私の詩を一緒に本にして、それを人間世界の手に負えない諸問題と対照させてみてはどうかという提案があった。それはまた、三省を追憶するためのよすがになるものでもあった。それが、いまあなたが手にしている本なのである。私はこの本を一緒に作ることができてとてもうれしく思っているが、最初はこの本のタイトルを『ゲーリー・スナイダーの世界』にしようという提案もあった。しかし私自身はあまり乗り気ではなかった。というのは、（私の多くの詩がそうであるように）この本には女性や子どもたちや犬やトラックやさまざまな道具が存在

しているからである。澄み切った高野建三の写真は、このような世界と見事なコントラストをなしていて、いわば味わい深い薬味を添えているのである。

　最近の私は、シエラネヴァダにある都市を遠く離れた場所で、森林や土地に関する運動をしてきた。しかし、同時にまた、パリやローマやソウルやマドリッドや香港などの大都市も訪問した。日本にいたときよりもずっと東京のことを理解するようになったのもつい最近のことである。しかし、目が眩むような原子力の光や寒々とした核戦争の影が大都市を包み、その上を覆っている。拡大し続けるグローバル経済の富と重圧と力はまるで中国の巨大な三峡ダムのようなもので、継ぎ目が膨らんでいき、小さな裂け目から水が漏れていて、巨大な地震や衝撃の到来の可能性などまったく気にしていないようだ。下流では、何百万人の人々が不安に満ちて生活し仕事をしているのである。

　過去数十年の間に、さまざまな階層や民族的な背景を有するすぐれた男女と出会った。また、美しく機敏な野生の七面鳥やグロスビーク、そして地球というこの孤立しているように見えるオアシスに生きるホリネズミやその他の無数の生物たちと出会った。われわれ人間はこの地球で孤独に生きているわけでない——そしてこの宇宙でも孤立しているのではないのかもしれない。間違いなく、ほぼどこにでもコヨーテや蚊が存在しているにちがいないのだ。

　こんなことを考えながら、詩や写真を組み合わせ、研究成果や思想を入れて、そして新鮮な空気もこの本にすこし吹き込んでみた。

ゲーリー・スナイダーが住むキットキットディジー全景、母屋と納屋。

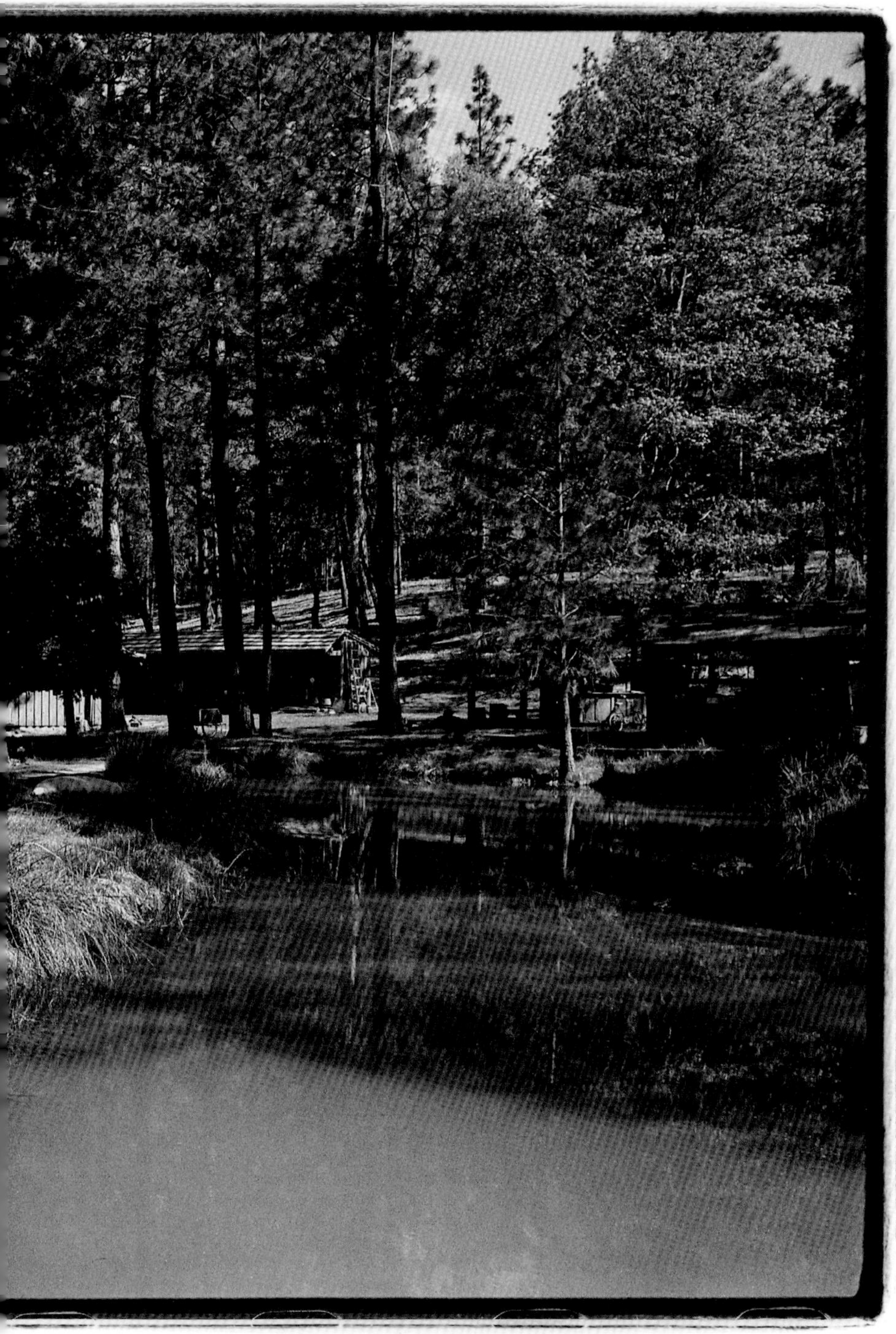

キットキットディジーに隣接する禅堂。1982年建立。

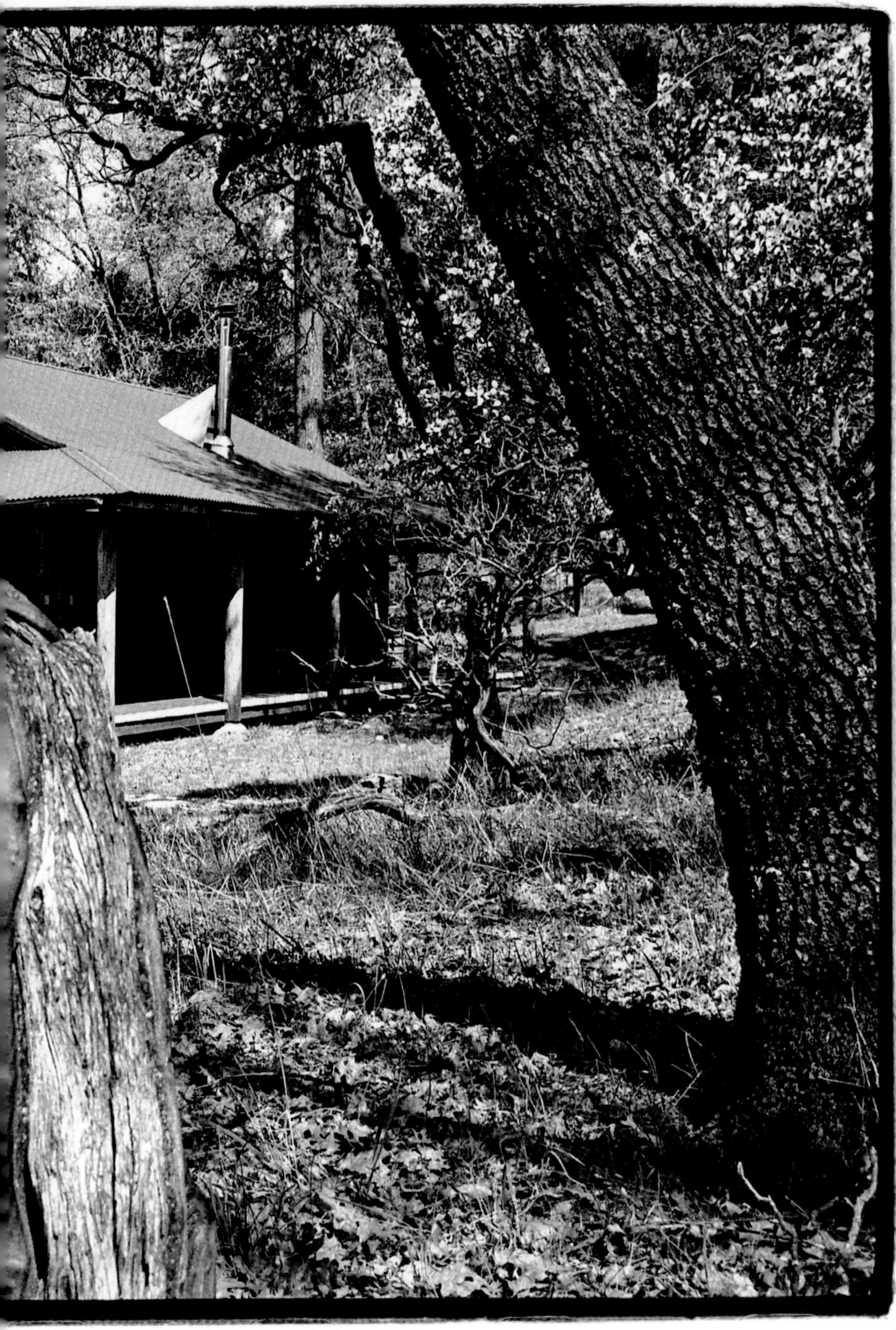

禅堂側から見たキットキットディジー。正面のアンテナは無線連絡用。

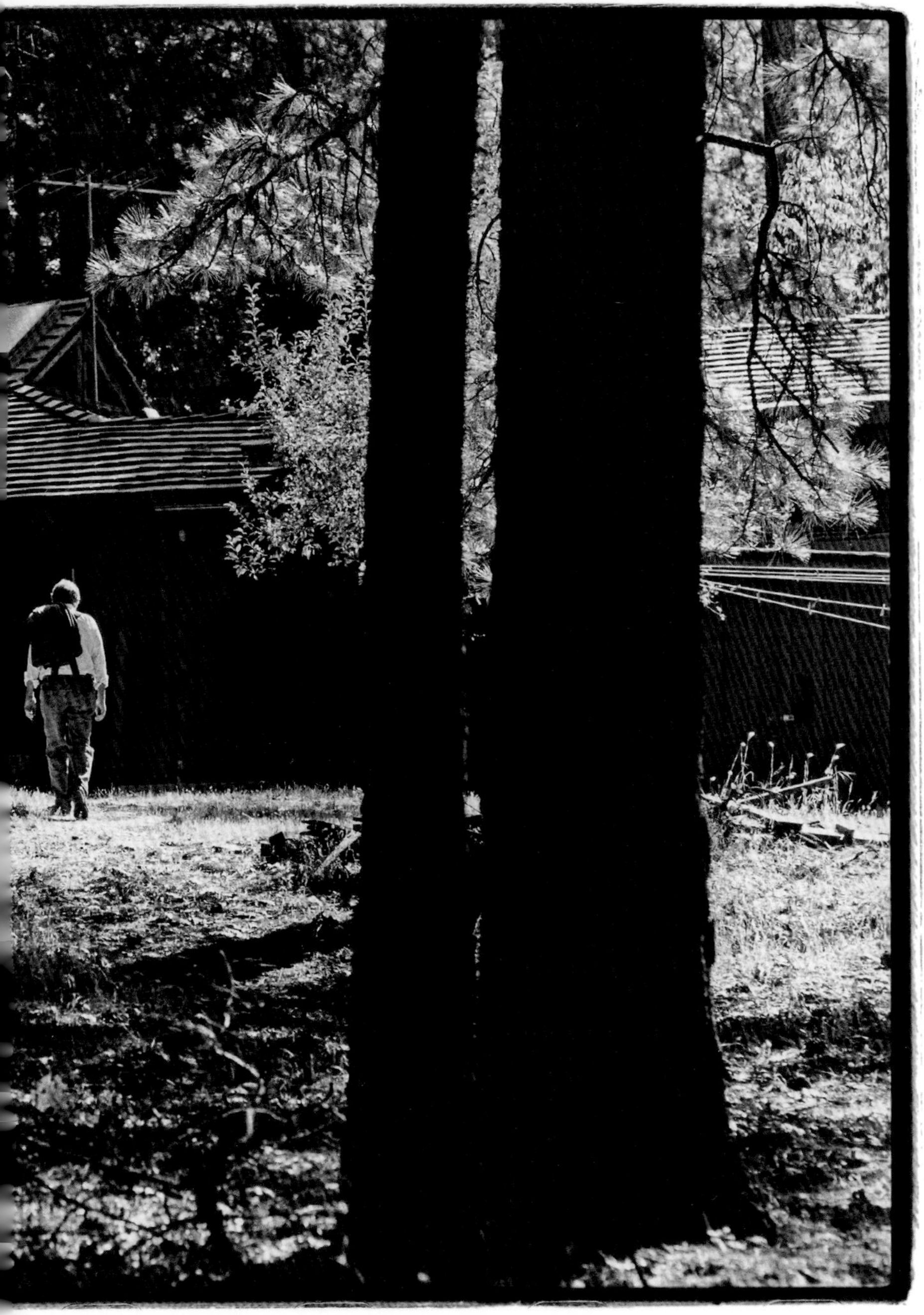

1
シエラの森から

キットキットディジー──網の中の結び目

　デンバー発サクラメント行きのジェット機はリノ東部で高度を落とし始め、雪をいただいたシエラネヴァダ山脈の頂上を越える際にはエンジンが冷やされる。それから山脈の西側斜面を低く滑るように飛びながらアメリカ川北支流の渓谷を越えていく。窓から北の方に目をやるとユバ川流域が見える。よく晴れた日には、いくつかの古い「ディギンズ」──19世紀の金採鉱で剥き出しになった広大な砂礫地帯──が見える。この「ディギンズ」の端に私と私の家族が住む小さな丘がある。丘は、ユバ川南支流渓谷と2000エーカーもの木が生えていない砂礫地帯の中間にあって、そこだけ森になっている。この一帯は、シエラ山脈高地からメアリーズヴィル近くの平坦地まで伸びている尾根の一部になっているのである。今飛行機から眺めているのはグレーター・シエラ生態系の北部地域である。夏に乾燥する気候の中で、ここには硬材の大針葉樹林が広がり、深い渓谷には旱魃に耐える灌木や藪が茂り、さらには森林の皆伐地や焼失地域が点在する。

　10分もするとジェット機はサクラメント川の人口堤防をかすめるように飛んで滑走路に着陸する。サクラメント渓谷を出て尾根の上の私の家に着くまでに2時間半かかる。最後の3マイル（4.8キロ）がもっとも時間がかかるように思える。どこに行ってもこんなデコボコ道は見つからないだろうと私はよく冗談を言う。

　1960年代の半ば、私は日本で勉強をしていた。ある年、カリフォルニアに一時的に戻っていたときに、友人たちが山にある土地を共同で購入しようと誘ってくれた。その当時は土地もガソリンもまだ安く買えた。私たちは尾根や渓谷がある土地に車で行き、道が行き止まりになっているところまで車を乗り入れた。私たちはマンザニータの茂みをかき分けながら進み、健康なポンデローサパインが生えている広々とした土地を歩き回った。手にコンパスを持って、私は土地の四隅を示す真鍮キャップを2個見つけた。ここは私にとっては初めてのシエラの土地であった。しかし、私はここに生えている植物群──ポンデローサパイン、黒樫〔ブラックオーク〕、そしてその仲間

たち——をよく知っていたから、ここの降雨量や気候がどのようなものであるかすぐに理解できたし、このような植物群との交わりが快いものであることも知っていた。人の手の入っていない草地があり、そこにはこの土地原産のバンチグラスがたくさん生えていた。1年を通して水が流れているクリーク〔水路〕はなかったが、カヤツリグサが生えている斜面があり、そこには地下水が流れていることを示していた。私は友人たちに仲間に入れてくれと言い、100エーカーのうちの25エーカー分の金を払って日本に戻って行った。

　1968年に日本からカリフォルニアに引き上げてきた後、私たちは例の土地に車で出かけていき、そこで生活していくことを家族で決めた。当時は、隣人はほとんど居ず、道路も今よりひどい状態であった。送電線も電話もなく、町までは渓谷を越えて25マイル［40キロ］あった。しかし私たちにはここに住むという意志があり、そのために必要な技術もある程度はあった。私は北西部の小さな農場で育ったし、子どもの頃から森や山で過ごしてきた。大工仕事をしたこともあったし、アメリカ森林局の季節労働者として働いたこともあったから（3000フィートの高さでの）山の生活はやれると思っていた。実際には「ウィルダネス［原生自然］」に住んだわけではなく、そこは生態系が回復しつつある地域であった。私たちが住む場所から丘を越えたところではターホー国有林が数百平方マイルにわたって広がっていた。

＊

　最初の10年は、壁を立ち上げ、屋根を葺き、浴場や小さい納屋や薪小屋を建てるだけで手一杯であった。そしてそのほとんどは昔からの方法でなされた。建物の骨組みに使った木はすべて二人用伐採鋸を使って切り倒し、樹皮はドローナイフを使って剥がした。ロングヘアーの若い男女が同志として、あるいは食事や小遣を求めて作業キャンプに参加してきた（その中からふたりが免許をもった設計士になり、青年たちの多くもここに残り、私の隣人になった）。明かりは石油ランプを使った。暖をとるには薪を使い、料理は薪とプロパンガスを使用した。薪を使用するレンジ、

薪を燃やすサウナ用ストーブ、ペダル付きミシン、そして1950年代に製造されたプロパンを使用するサーヴェル冷蔵庫などを求めて私たちは走り回った。他にも多くの若い移住者たちが70年代初期に自分の場所を見つけて北カリフォルニアに落ち着いたから、このような生活をする再定住文化が私たちが「シャスタ・ネーション」と呼ぶ場所に育ってきた。

私は書斎を作り、手提げランプの明かりで詩とエッセイを書いた。また、国内で講演をしたり教えたりするために定期的に外に出ていった。自分の家は人目につかないベースキャンプで、そこから私は大学の金庫を襲撃しているのだと考えたりした。私たちは、まわりに生えているあの丈の低い芳香性の植物にちなんで、我が家をキットキットディジーと名づけた。

*

このような場所に住むということはひどく楽しいことである。フーガのようなコヨーテの遠吠え、樹上で鳴き交わすフクロウの声、ほぼ毎日眼にする鹿（そして発情期に聞こえる角をぶつけ合う音）、ゆったりと動くガラガラ蛇を見つけたときの戦慄、雪の中で動物たちの足跡を追っていく楽しみ、クーガーを二度も見かけたこと、でっかい熊の糞を偶然に発見すること——。このようなことを子どもたちと共有しながら生活するということは、ここに住む不便さを差し引いてもまだ価値のあるものであった。

*

石油ランプの明かりに代わって、現在は交流と直流の混合システムに電力を供給するソーラー・パネルが使用され、その明かりが使われる。電話会社がそれ自身の経費でここの全域に地下電話線を敷いた。妻のキャロルと私は現在コンピュータを使っているが、それはいわば物書きにとってはすぐれた小型のチェーンソーのようなものである（チェーンソーとコンピュータはマッチョな生産性とそれに入れ込んでしまうことからくるオタク性ストレスを増加させる）。私はカリフォルニア大学デイヴィス校で春学期だけ教えているが、そのためにインターネット・アカウントがもらえる。私たちは20世紀後期に追いつき、今キーボードを叩きながら政治や環境に関する情報に盛んにアクセスしているのである。

*

　自然全体の中で学んだことは個人の土地にも適用される。だから、私たちは流域での活動から学んで、次のような「キットキットディジー 300 年計画」を作ってみた——。

　下生えをもっと切ってそれから一連の計画的な火入れを行なう。「対照」としてとっておくため、いくつかの区域には火を入れないでおく。適当な場所に数本のシュガーパインとオニヒバを植える（ポンデローサパインは放っておいても大丈夫）。どんぐりの収穫に影響があるかどうかを見るために樫の木のまわりの地面を焼いてみる。より良質のかご細工の材料が取れるようになるかどうか、バンチグラスが生えているいくつかの場所を焼いてみる（カリフォルニアにおける先住民のかご細工のリバイバルから思いついたこと）。森の中に倒れている樫の全部は薪として使用しないで一定の数は残しておく。7 代目の孫娘の時代になると、この場所には山火事から安全で広大な松の林が残っていて、時には信じがたいほどの価値のある巨大で無傷の成木を挽材として売りに出すこともできるだろう。

　私たちは周辺の土地でもだいたい同様なことが行なわれるのではないかと考えている。野生生物は変わることなくここを通過していくことだろう。人口が密集した低地の方からも訪問者たちが散歩をしたり、研究をしたり、あるいは瞑想をするためにやってくることだろう。少数の人々は定住者としてここに住み、その収入のある部分は林業からもたらされるだろう。残りの収入は、今から 3 世紀後の情報経済からもたらされるものになることだろう。将来は野生を育てる文化を包含する文明さえ誕生する可能性がある。

　このような考え方はあまりにも楽観的すぎると言われるかもしれない。まことにその通りなのである。しかしながら、北アメリカにはまだ野生の自然を保護・回復し、その豊かな恵みを賢明に使用する可能性が残されている。私の生活の場であるキットキットディジーは、拡大しつつある生態地域主義の家やキャンプの網の中のひとつの小さな結び目にすぎない。

*

草地で仕事をするために何年もそのすぐ側を歩いていながら、実際に一本のねじれたキャニオンライブオークの存在に気づいたのは 20 年も過ぎたある日のことであった。あるいは、その木はもうそろそろ私の前に姿を見せてもいい頃だと思ったのかもしれない。そのとき、私はその木の古さ、特性、内に秘めた精神性、樫の木らしさを、まるでそれが私自身のものでもあるかのようにあざやかに感じとることができた。このような自然との一体感は人にその人生とおのれ自身の在りようを深く理解させる。その木が生えている草地でそれに全く気づかないで仕事をしてきた年月は無駄ではなかった。ものの名前や習性を学び、藪を切り払い、薪を集め、秋のシイタケが葉っぱの下から姿を見せてくるのを注意して待っていることは、楽しく本質的な技術でもあるからだ。そしてこのようなことを重ねているうちに、ある日突然、人は樫の木に出合うのである。　　　　［1995 年］

「キットキットディジー ——網の中の結び目」『惑星の未来を想像する者たちへ』（山と渓谷社刊）より
（原題 *A Place in Space* 1995 年）

再定住者(Reinhabitory)

　リインハビトリー——再定住者とは、(8000年間続いた文明の果実を集約したか、あるいは浪費しただけの)工業社会を離れ、再び土地に回帰し、場所に戻っていく少数の人たちを指す言葉である。この中には、すべての存在の相互依存性と地球の限界を合理的かつ科学的に認識した上で行動している者もいる。しかしながら、ひとつの場所にコミットし、さらにはその場所に凝縮している日光と緑の植物のエネルギーを活用しながら生活していくことは、肉体的にも知的にもひどく厳しく、それゆえ、これは倫理的・精神的な選択であるともいえる。

　惑星間空間での運命とのランデブーが人類を待ち受けていると予言した人たちもいる。なるほどそれはそうかもしれない——。しかし、我々はすでに宇宙空間を旅しているのである。まさに、ここが、銀河系なのだから。何千年にもわたって、自らの知識と体験で直接に自分の内と外、宇宙を観察した者たちの持つ知恵と技術を我々は「オールド・ウェイ——古い道」と呼ぼう。将来にわたってこのようなことを学び続け、人間が太陽と緑で生きる地球を想像する者は、あらゆる科学、想像力、力、政治的技巧を用いて定住する人々——世界の先住民や農民——を支持する以外に選択は残されていない。彼らと共同戦線を張りながら、我々は「リインハビトリー——再定住者」になるのである。それから、我々は「オールド・ウェイ——古い道」を少しずつ学び始める。それは、歴史の外にあるもの、永遠に新しいものなのである。

「再定住」『惑星の未来を想像する者たちへ』より

池の傍の東屋で詩人の山尾三省(故人)と歓談。1997年3月。

キットキットディジー西側の崖の上にある最初の書斎。

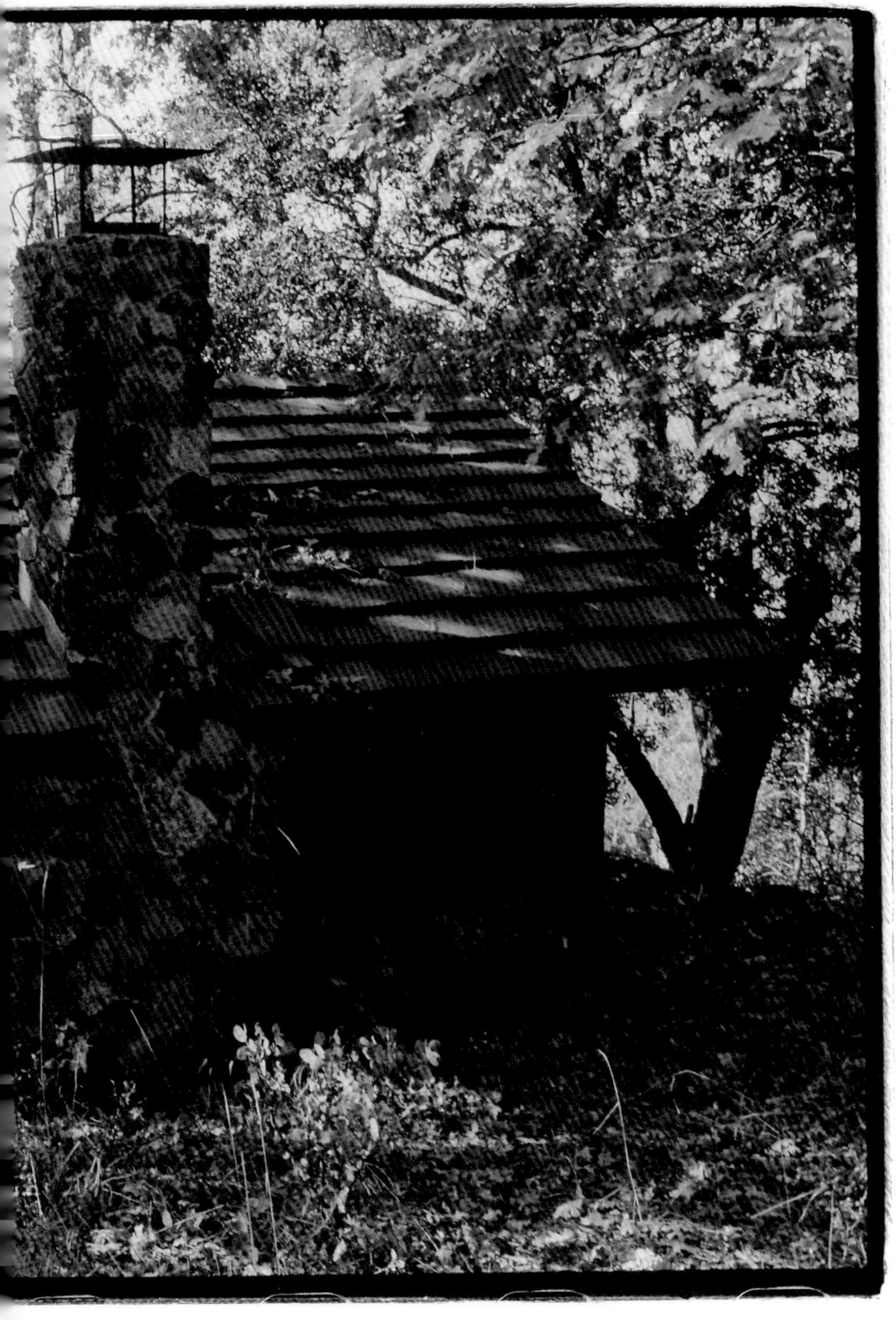

軒先に下げられたオイル・ランタン。夜間の屋外での作業には欠かせない明かりである。

1958年型ウィリス社製トラック。80年代、資材運搬用にキットキットディジーで使ったが、現在は動いていない。

シャワー室と洗濯室。その上にソーラー・パネルを置いてある。これでキットキットディジー全体の照明やお湯はすべてまかなえる。

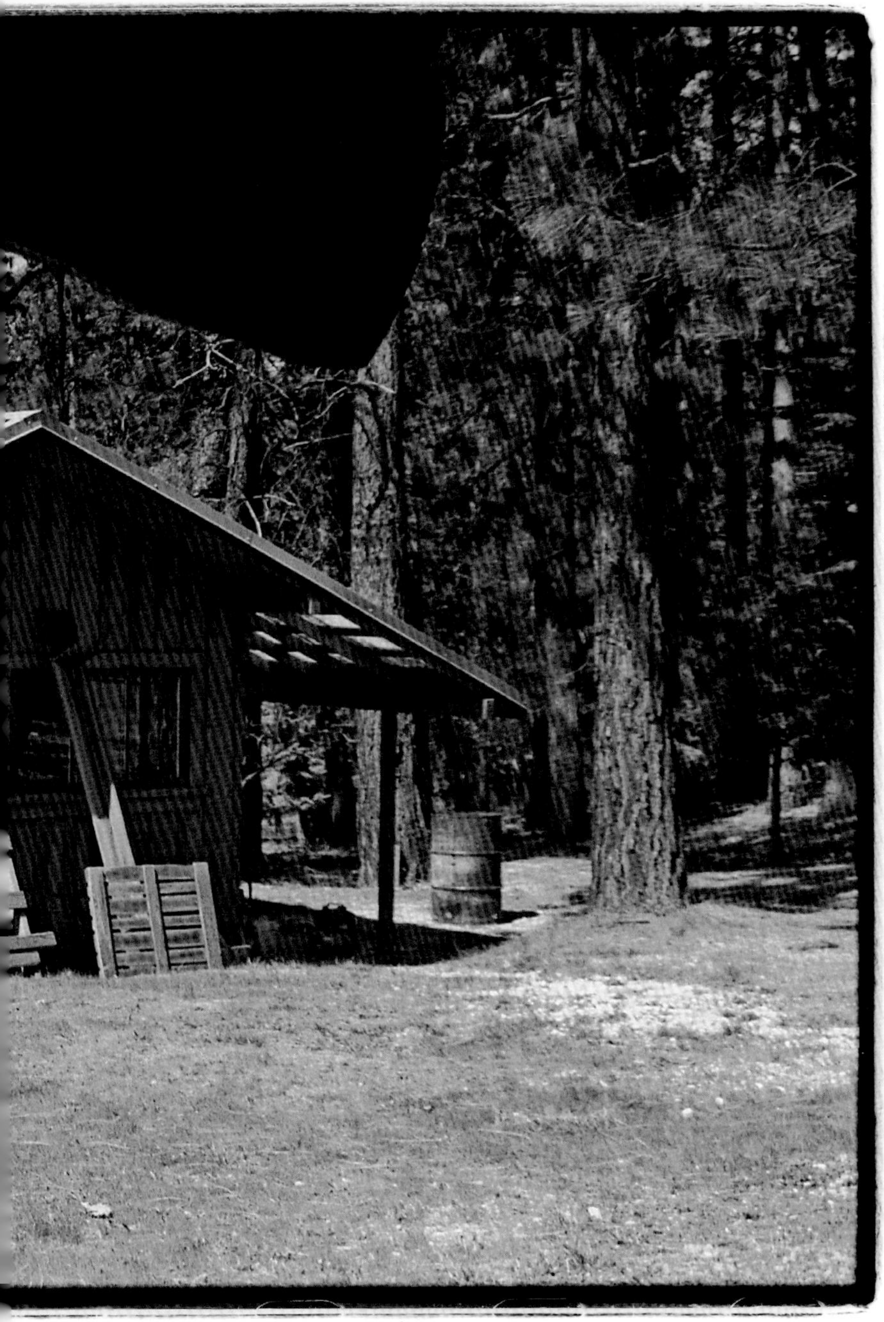

道具小屋(真ん中)と浴室(サウナ、右端)。向かって左端は薪小屋。

テンガロンハットをかぶって。道具小屋にはチェーンソーなど使い込まれた道具が並ぶ。

キットキットディジーの森に棲息する野生の七面鳥。

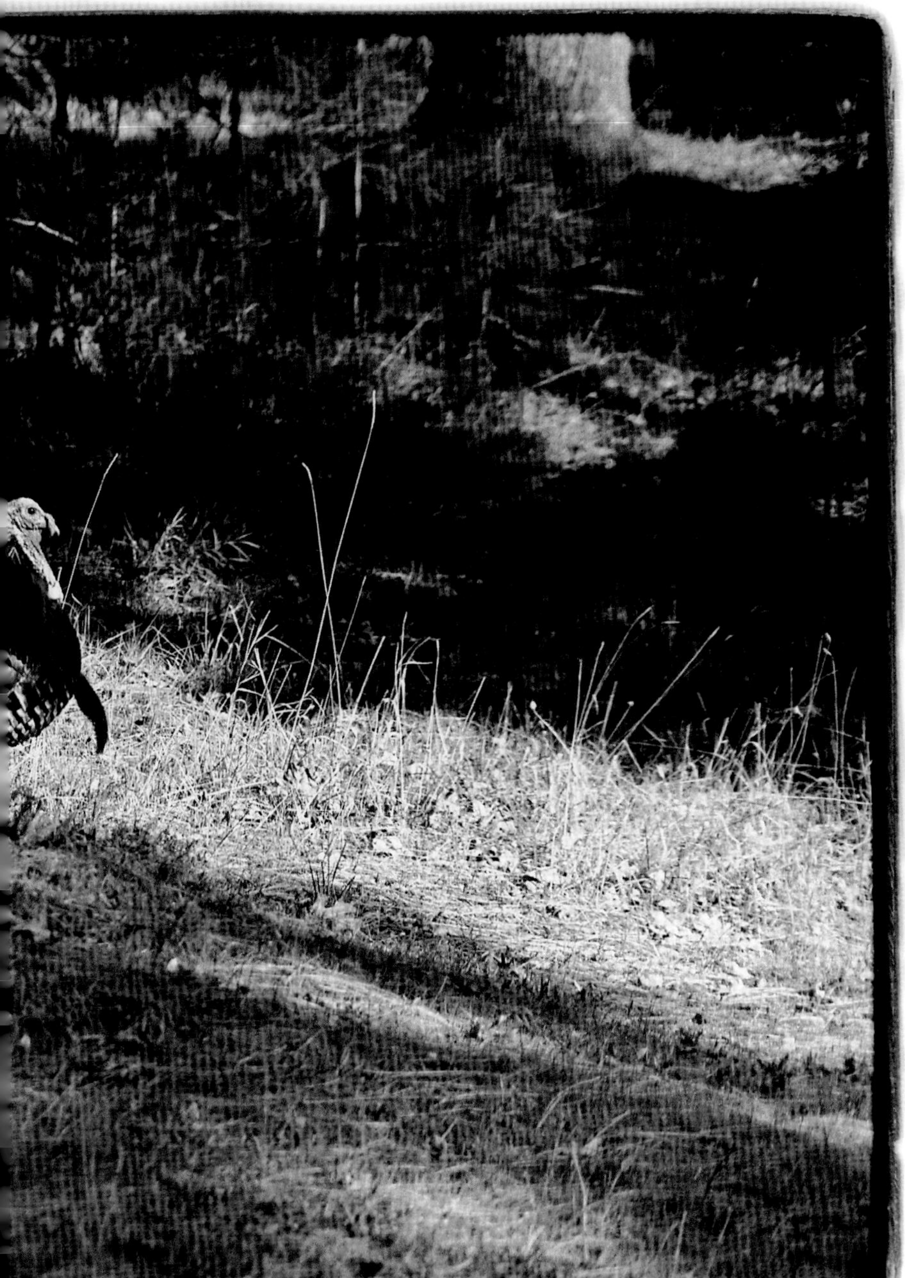

野生の七面鳥に囲まれて

小さな声で　呼び交わしながら
　　乾いた葉っぱや草の中を歩いて行く
ブルー・オークや灰色のディガー・パインの木の下
山火事でかすむ暑い昼下がり。

二十羽、またはそれ以上、姿形のよく似た
足の長い鳥たち。

ぼくらもそうだ、やさしく声を掛け合いながら
　　通り過ぎて行く。

あとからついてくるぼくらの子どもたち、
なんと、ぼくらにそっくりなことか。

　　　　　　　　　　　『*No Nature*』（1992年）より

SURROUNED BY WILD TURKEYS

Little calls   as they pass
   through dry forbs and grasses
Under blue oak and gray digger pine
In the warm afternoon of the forest-fire haze;

Twenty or more, long-legged birds
     all alike.

So are we, in our soft calling,
     passing on through.

Our young, which trail after,

Look just like us.

From *No Nature* (1992)

58年型ウィリス・ピックアップを修理する陸游(りゅうゆう)のために

このトラックが製造された年
まだほの暗い京都の朝早く
ぼくは座ってお経を唱え、
昼間は中国語を勉強した。
中国語、日本語、梵語、フランス語——
仏教を研究する喜び
壮麗な古い寺院——
トラックのことはなに一つ学ばなかった。

でもいまは
ぼくが生まれた頃に放棄され、若いモミや杉の間に
埋もれている
ブラッディー・ラン・クリークにあった製材工場から
腐れて養分たっぷりのおがくずを運んでくる
菜園の土に混ぜてほぐしてやり、
伸びてきた苗の根覆いに使って　保水をするために——
そしてまた古い砂金採鉱跡から
砂利を運んでくる
畑を仕切り、砂と粘土と混ぜ合わせ
小石は取っておいて冬になると泥だらけになる
小道にまき散らすために——

Working on the '58 Willys Pickup
For Lu Yu

The year this truck was made
I sat in early morning darkness
Chanting sutra in Kyoto,
And spent the days studying Chinese.
Chinese, Japanese, Sanskrit, French—
Joys of Dharma-scholarship
And splendid old temples—
But learned nothing of trucks.

Now to bring sawdust
Rotten and rich
From a sawmill abandoned when I was just born
Lost in the young fir and cedar
At Bloody Run Creek
So that clay in the garden
Can be broken and tempered
And growing plants mulched to save water—
And to also haul gravel
From the old placer diggings,
To screen it and mix in the sand with the clay
Putting pebbles aside to strew on the paths
So muddy in winter—

ぼくは
もう時代遅れと思われている
ピックアップトラックの下にもぐり
埃をかぶって折れ曲がった草の上で
仰向けになる——
その堅牢さやがっしりとした直線に感嘆し
毛主席でもこんなトラックならば
きっと気に入るはずだと考えたりする。
荷台の後部は新しい荷押え用の紐を
付けて元に戻した、
ブレーキ・シリンダーを磨き、ブレーキ・ドラムを
回して調整し、新しいブレーキ・シューもつけた、
これは友人たちから教わったが
彼らも若い頃は古典ばかり読んでいたのだ——

菜園もこれでよくなる、ぼくは
夕方になって声を立てて笑い、
今度は中国語で書かれた書物を手にして
農業の勉強をする、
ぼくはトラックを修理し、昔の
手練れの農夫たちと眉つき合わせて議論をする。

『斧の柄』より（原題 *Axe Handles*, 1983）

I lie in the dusty and broken bush
Under the pickup
Already thought to be old—
Admiring its solidness, square lines,
Thinking a truck like this
would please Chairman Mao.
The rear end rebuilt and put back
With new spider gears,
Brake cylinders cleaned, the brake drums
New-turned and new brake shoes,
Taught how to do this
By friends who themselves spent
Youth with the Classics—

The garden gets better, I
Laugh in the evening
To pick up Chinese
And read about farming,
I fix truck and lock eyebrows
With tough-handed men of the past.

From *Axe Handles* (1983)

キットキットディジー屋内での対談。右側は奥さんの故キャロル・コウダ

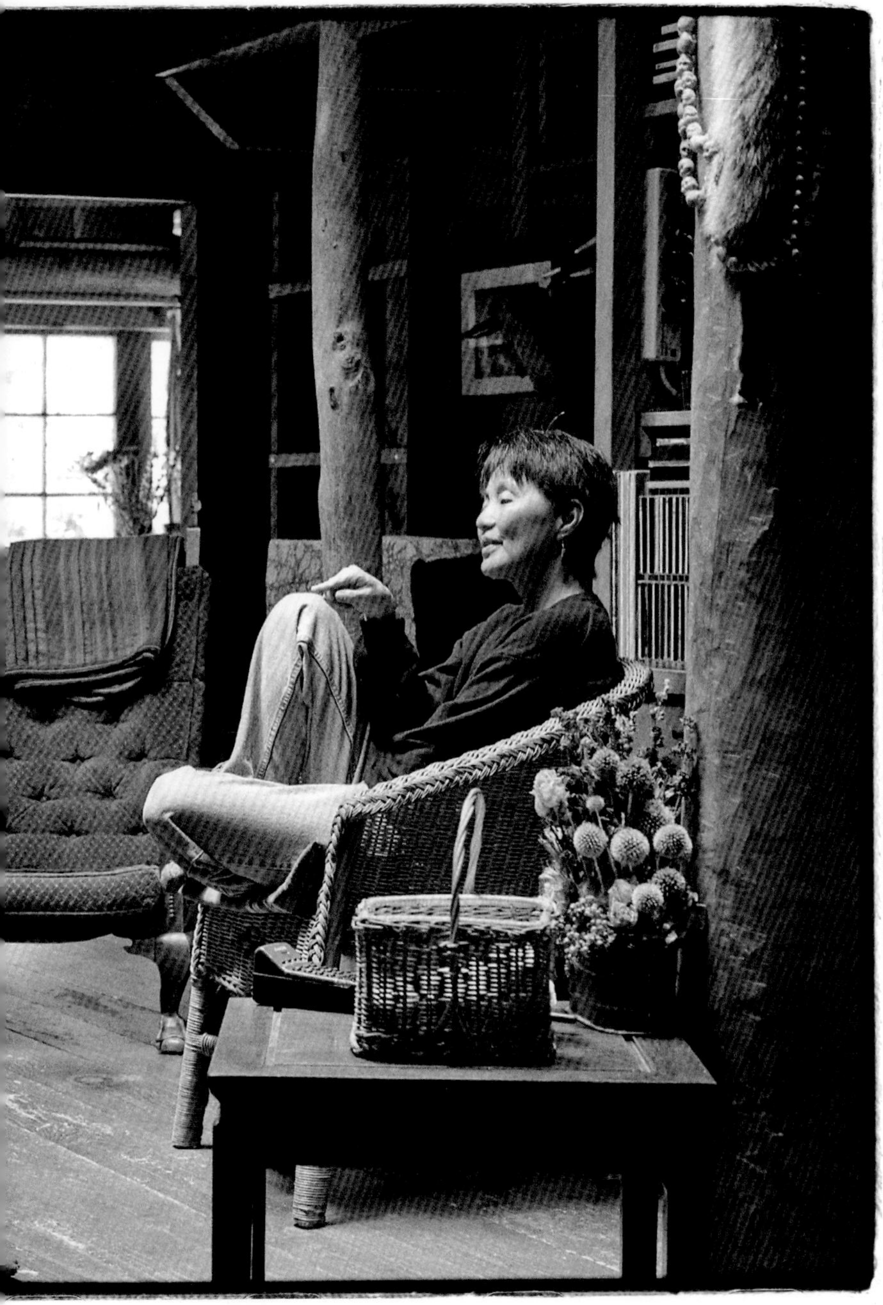

キッチンで昼食を用意する。

キッチンのテーブルで対談を続ける。

三省と禅堂の中で。

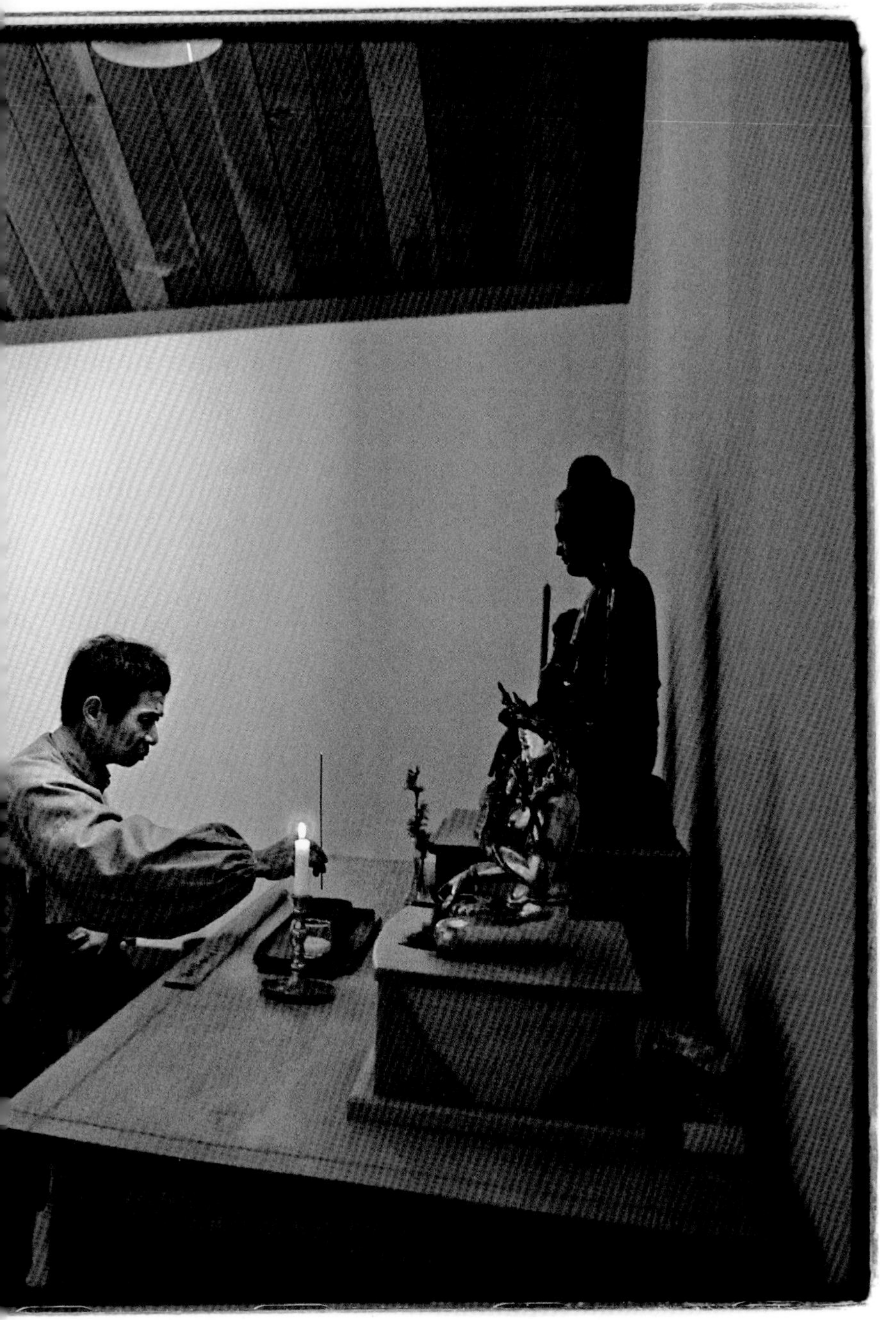

日本のほうきを使って小屋を掃除する。

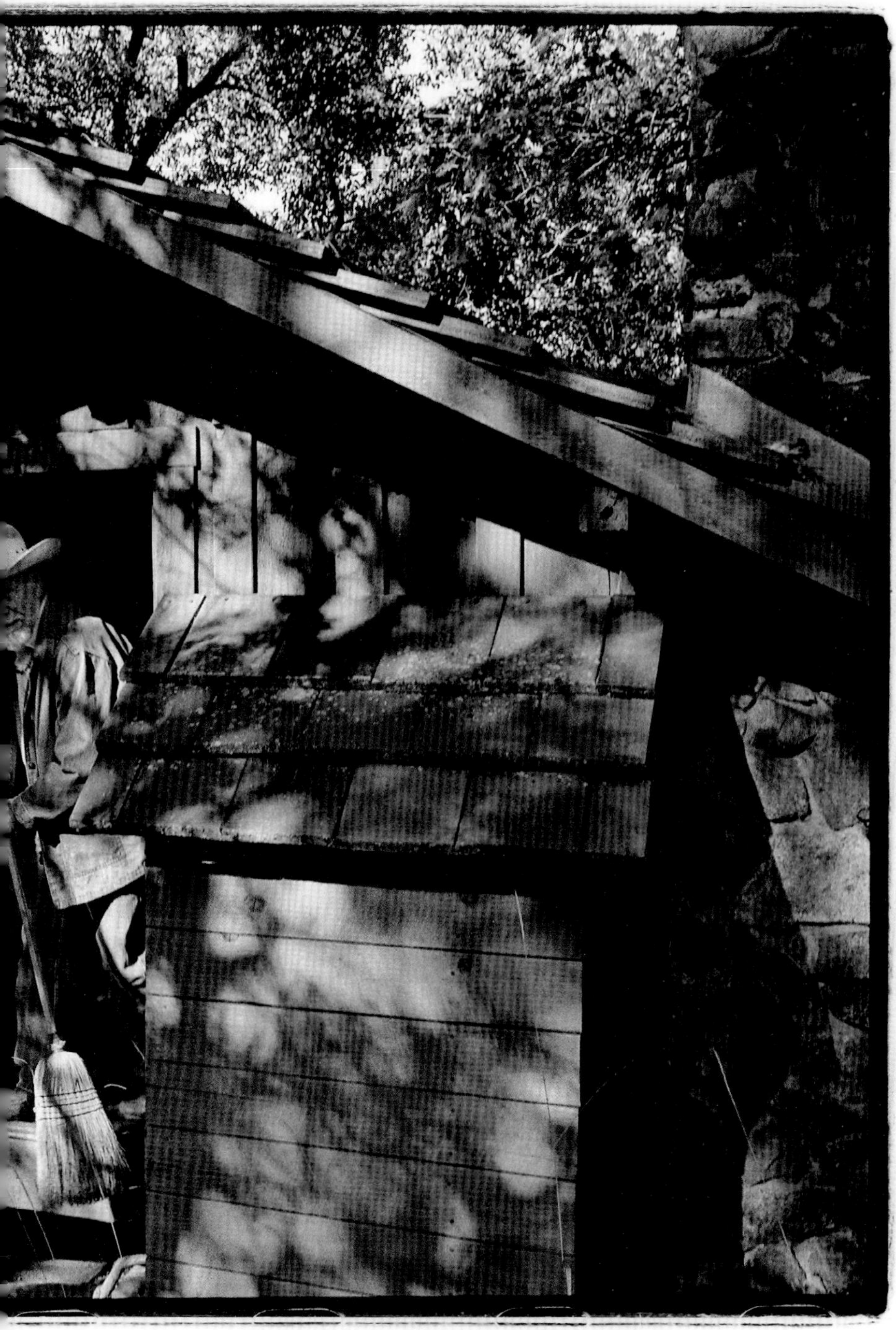

建物

家を建て始めたのは文化大革命の半ば頃、
ベトナム戦争、カンボジア、が耳に聞こえてきた、
　バークレーでは催涙弾、
オーバーオールを着て怯えた目をした若者たち、長い編んだ髪、が警察に追われて逃げて行った。
ぼくらは樹皮を剥ぎ、大きな岩にドリルで穴をあけ、汚水だめを堀り、サウナに一緒に入った。
家が完成した後
次は100台の手押し車で校舎を建て、ランチを食べながらカリフォルニアのパレオ＝インディアンについてなんどかセミナーを開催した。
周王朝時代の漢字の「無」を真鍮で型取り、それをロッジの天井の鍛冶屋が作った腕木にかぶせ、
祈り、煙草を捧げながら、
　校舎の間に五鈷杵をひとつ埋めた。
あの校舎はすべて火事で焼けてしまい、火災保険で新しく立て直したが、元のものとは似ても似つかぬものになった。

10年経ってぼくらは森の草地の縁に集まった。
文化大革命は終わっていて、髪は短くなり、
　産業界が人々の森林を意のままに操った、
シングル・マザーたちは弁護士になるために大学に戻って行った。

法螺貝を吹き鳴らし、金剛杖の輪を振り鳴らし
　ぼくらは禅堂を建てる仕事を始めた。
集まったのは40人、女の大工たち、子どもの働き手、釘を打ち、
屋根はコルテン鋼をねじで留め、

Building

We started our house midway through the Cultural Revolution,
The Vietnam war, Cambodia, in our ears,
    tear gas in Berkeley,
Boys in overalls with frightened eyes, long matted hair, ran
    from the police.
We peeled trees, dried boulders, dug stumps, took sweat baths
    together.
That house finished we went on
Built a schoolhouse, with a hundred wheelbarrows,
    held seminars on California paleo-indians during lunch.
We brazed the Chou dynasty form of the character "Mu"
    on the blacksmithed brackets of the ceiling of the lodge,
Buried a five-prong vajra between the schoolbuildings
    While praying and offering tobacco.
Those buildings were destroyed by a fire, a pale copy rebuilt
    by insurance.

Ten years later we gathered at the edge of a meadow.
The Cultural Revolution is over, hair is short,
    the industry calls the shots in the Peoples Forests,
Single mothers go back to college to become lawyers.

Blowing the conch, shaking the staff-rings
    we opened work on a Hall.
Forty people, women carpenters, child labor, pounding nails,
Screw down the corten roofing and shape the beams

かんなで梁を削り、
建物は３週間で完成した。
ぼくらは花と友人たちをその中に詰め込んで、完成を祝った。

いまは湾岸戦争の年
政府の嘘と犯罪が美徳としてもてはやされ、
　　この物質との乱舞は続く
——しかしぼくらの建物はどっしりとして、そこには生活があり、教育があり、座禅がある、
座るのは、鐘の音をたしかに理解するため——
これは歴史。これはまた歴史の外。
建物が建てられるのはいまの瞬間、
　　だがあのすべてのものを蘇らせる
　　　　泉の水に濡れながら
ぼくらの建物は裸のまま光り輝く。

月は二十八の夜をめぐり
雨の年と乾いた年が過ぎてゆく。
鋭く切れる道具、見事な意匠。

　　　　　　　　　　　　『*No Nature*』より

   with a planer,
The building is done in three weeks.
We fill it with flowers and friends and open it up.

Now in the year of the Persian Gulf,
Of Lies and Crimes in the government held up as Virtues,
    this dance with Matter
Goes on: our buildings are solid, to live, to teach, to sit,
To sit, to know for sure the sound of a bell—
This is history. This is outside of history.
Buildings are built in the moment,
   they are constantly wet from the pool
     that renews all things
   naked and gleaming.

The moon moves
Through her twenty-eight nights.
Wet years and dry years pass;
Sharp tools, good design.

From *No Nature*

キットキットディジーの森を散策する。

浸透性の世界——開かれた空間に住む

　人はひとつの場所に滞在客として住むこともできるし、定住者になろうとすることもできる。私と家族は、このシエラネヴァダ山脈の中高度の森の中で、早いうちから精一杯ここで生きてみようと決意した。これは勇気のある試みではあったが、私たちには資産もなく、むこうみずなところだけが十分に備わっていた。私たちは質素さはそれ自体で美しいものだと思っていたし、私たちはまた並外れたエコロジカルな道徳観を持っていた。しかし、日々の必要性が、結局は私たちに自然の共同体の一員としてどのように生きるべきかということを教えてくれたのであった。

　生活するということは、網戸やフェンスや犬をどうするかというところまで考えなければならない。こういうものはしばしば野生を遠ざけておくために使われる（「野生を遠ざけておく」などというと、鷹や熊から身を守るような感じに聞こえるかもしれないが、実情はヒメハナバチやシロアシハツカネズミの害をどのように防ぐかという問題に行き着くのである）。樫や松の立ち木の間に建てられた家で、私たちは結果的に自然界と相互に浸透し合う生活をするようになった。長いシエラの夏中、建物はすべて開け放しておいた。何匹ものジガバチが疲れを知らない小さなセメント運搬トラックのように家の中と池の辺りを行ったり来たりしながら、梁、裂け目、（そして警戒していないと）ライフルの銃口や、背負って運ぶ消火用ポンプのノズルにまで泥を注ぎ込むのである。藪蚊は大した問題ではないが、彼らにとって我が家は普通の気持ちのいい日陰でしかない。夜になると、コウモリたちが部屋から部屋へと勢いよく飛び回り、天窓から人の頬をかすめながら舞い降りてきては開け放した引き戸から飛び去っていく。夜の闇の中では、鹿が体を伸ばして林檎の木の低い枝についている葉を食べているのが聞こえる。そして夜明けには野生の七面鳥が私たちの寝床から２、３ヤードのところを散歩するのである。

　この代償として、私たちはパントリー［食糧貯蔵室］にあるすべての食料を広口瓶やネズミ防止用容器に入れるという余分の仕事を強いられた。

冬の寝具はネズミが入れない収納箱に収めた。そうすると、お次はジリスが食卓の上にある新鮮な果物を狙ってまっすぐに家の中に入ってくる。そして鹿は置き忘れられたサラダを食べようと東屋に足を踏み入れる。チキンの一片を口元に持っていくと4匹のニクバチがぴったりとついてくるから、このようなときは何事も起こらないことを願いながら、神経を安定した状態におくことが要求される。夏が終わる頃になると、ときにはスズメバチに一挙一動を監視されながら料理をし、食事をしなければならない。このようなことは人を怒りっぽくもするが、スズメバチやミツバチを叩いたりピシャリと打つことをやめると、たいていは休戦協定が結ばれるようになるものだ。

　戸外の東屋で生活したり料理をしていると、実際に誰かが虫に刺されるということもある。それは浸透性の世界で生活する代償のひとつといっていいだろうが、起こり得る最悪のことといえばだいたいこんなものだ。細いトレイルを歩いていて、ガラガラ蛇に咬まれるという危険性もわずかにあるし、どこにでも生えているツタウルシも近づきがたい。しかしながら、半戸外の生活に慣れてくると、それは森を楽しむための素晴らしい方法のひとつだということがわかってくる。それはまた自然保護の方法のひとつでもある。森林のエッジや国有林内部の私有地に住む人々が増えるにつれて、彼らは自分たちがどのようにこの古くて新しい居住環境を変えることになるのか、注意深く考えなければならなくなった。ある土地に住むことができる人間の数は単純に一家族につき何エーカーというように決めるわけにはいかない。それは賢明な方法ではない。このようなことを決めるのはきわめて大事なことで、私も諸手を上げて賛成するのであるが、同時にそれぞれの家庭の生活文化は衝撃度においてきわめて大きな違いを持っているということも覚えておくべきだろう。

　必要な道路は十分に配慮して計画し、道幅もところどころに消防車の待避所を入れながら適度の大きさに抑えるべきだろう。火災予防についても、車道を過剰に広く取るよりは、道端の植物を十分に刈り払い、道と森の間の樹木はたっぷりと間引きをすべきである。道が多少デコボコであっても、

そのために車の速度が落ちるからこれはちっとも悪いことではない。もし森の中にフェンスがなかったら、あるいはあったとしてもほんのわずかであったなら、もし人々が牧草地や果樹園に水を引くために井戸水を大量に汲み上げなかったら、もし犬の数が適度に抑制されていたら、もし家が十分に断熱され、冬でも室内温度が華氏60度位（摂氏15度位）に保たれていたら、もし野良猫が入れないようにできるのであれば、そして動物たちのときたまの悪戯に対して寛容になれるのであれば、私たちは森の生態系に対してほとんど衝撃を与えないで生活することができるはずである。しかし、昆虫やコヨーテを嫌がる人々があまりにも多く、年がら年中鹿に悩まされ、熊やクーガーに対してヒステリックになる人々がいるのであれば、そのときには近所づき合いも消え失せてしまうだろう。

わずかばかりの薪を取り、十分に注意して選んだ挽材を割り、サイダーを作るためにマンザニータのベリーを集め、かごを作る材料としてアメリカハナズオウを探し、そして森の中で繊細に区別しながら使用できるものを求めることは可能であるし、これは望ましいことでもある。若木を間引きし、下生えの灌木を切り払い、計画的な火入れの準備をするとき、私たちは実は森がそれ自身の方向に進むのを手助けしているのである。おそらく私たちは野生のものと栽培されたものという二分法を超越する方法をこれから発見するかもしれない。コヨーテやアメリカオオコノハズクは夜に魔法をかける。木材運搬トラックのエアホーンは朝早い目覚まし――。

この世界の浸透性、多孔性は双方向に作用する。人はそのちょっとした不快感や不安を捨てるとき、新しい目と耳を持って森の中を動くことができる。「互いの間をぶつかり合うことなくあらゆるものが動き回る」と仏教の偉大な相互依存の哲学が語るとき、その意味するところはこのようなことなのかもしれない。

「浸透性の世界」『惑星の未来を想像する者たちへ』より

2
日本の森から

夜明けの原爆 (Atomic Dawn)

　私が初めてセントヘレンズ山に登ったのは、1945年8月13日のことであった。
　スピリット湖は谷間にあるどの町からも遠く離れていたので、ニュースは遅れて届いた。最初の原爆は8月6日に広島に、二番目は8月9日に長崎に投下されたにもかかわらず、『ポートランド・オレゴニアン』紙にいくつかの写真が掲載されたのは8月12日のことであった。8月13日には新聞はスピリット湖に届いていたにちがいない。14日の朝早く、私は掲示板を見るためにロッジに歩いて行った。新聞の全ページがピンで留めて掲示されていた。破壊された街の航空写真、広島だけの死者数が約15万人。「70年間あそこには何も生えることはないだろう」というアメリカ人科学者のコメントが引用されていた。両肩には朝の光、モミの樹林の匂い、大きな木の陰。薄いモカシンを履いた両足に大地を感じ、こころはまだ背後にある雪を戴いたセントヘレンズ山と一体になっていた。衝撃を受け、科学者や政治家や世界中の政府を非難しながら、私はこのように誓った――「永遠にそびえるセントヘレンズ山の清らかさと美しさにかけて、僕は、一生をかけて、この残酷な破壊力とこれを使用しようとする者たちと闘う」。

　　　　　　　　　　　　『絶頂の危うさ』より（原題 *Danger on Peaks*, 2004）

南アルプス山麓、長野県大鹿村の原生林で。

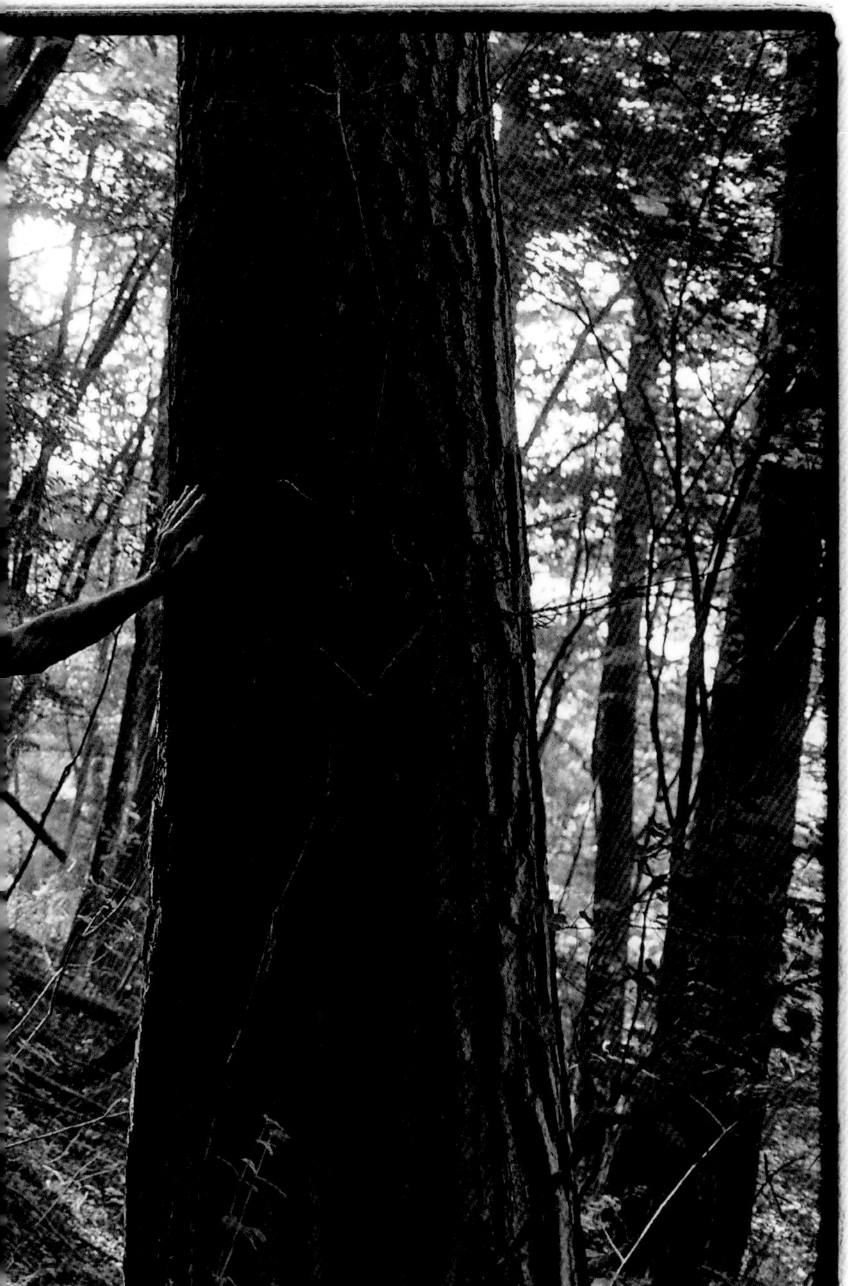

刈り入れの終わった大鹿村の棚田を歩く。

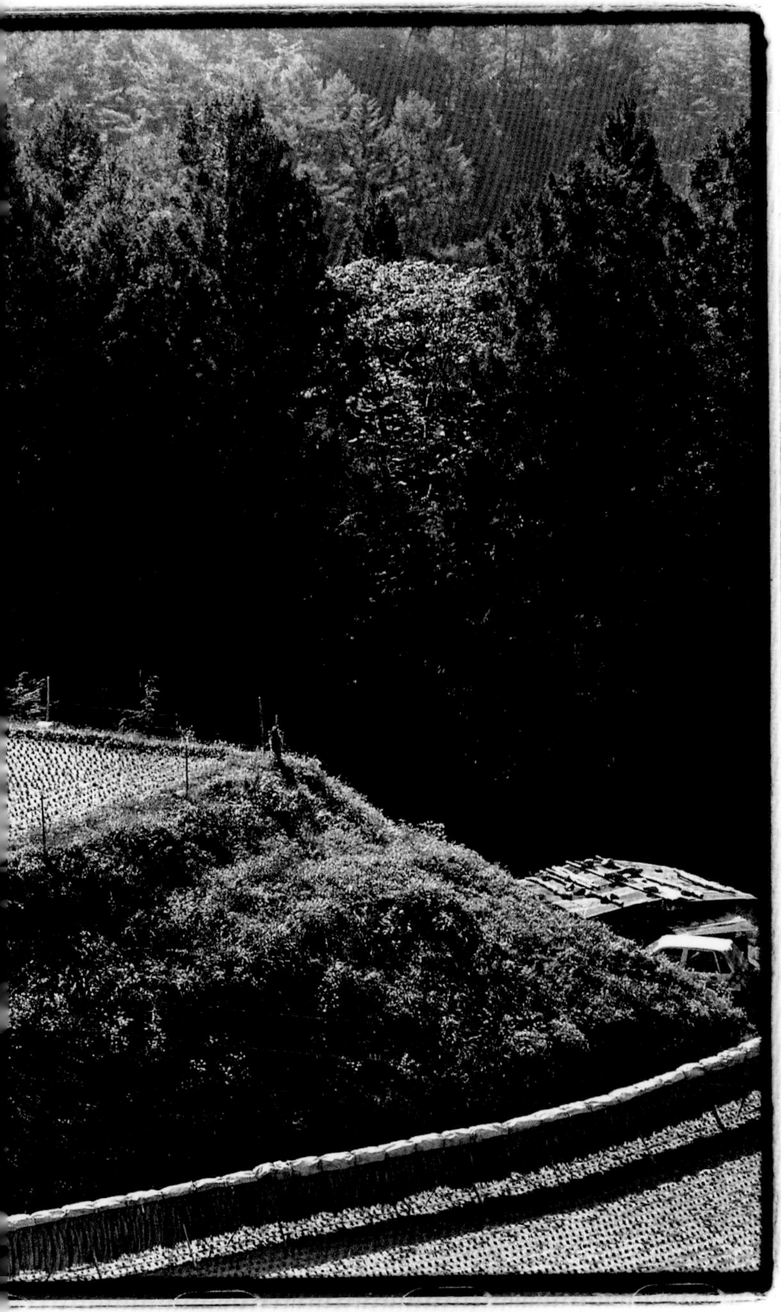

長野県小淵沢で地元の仲間たちが集まった。

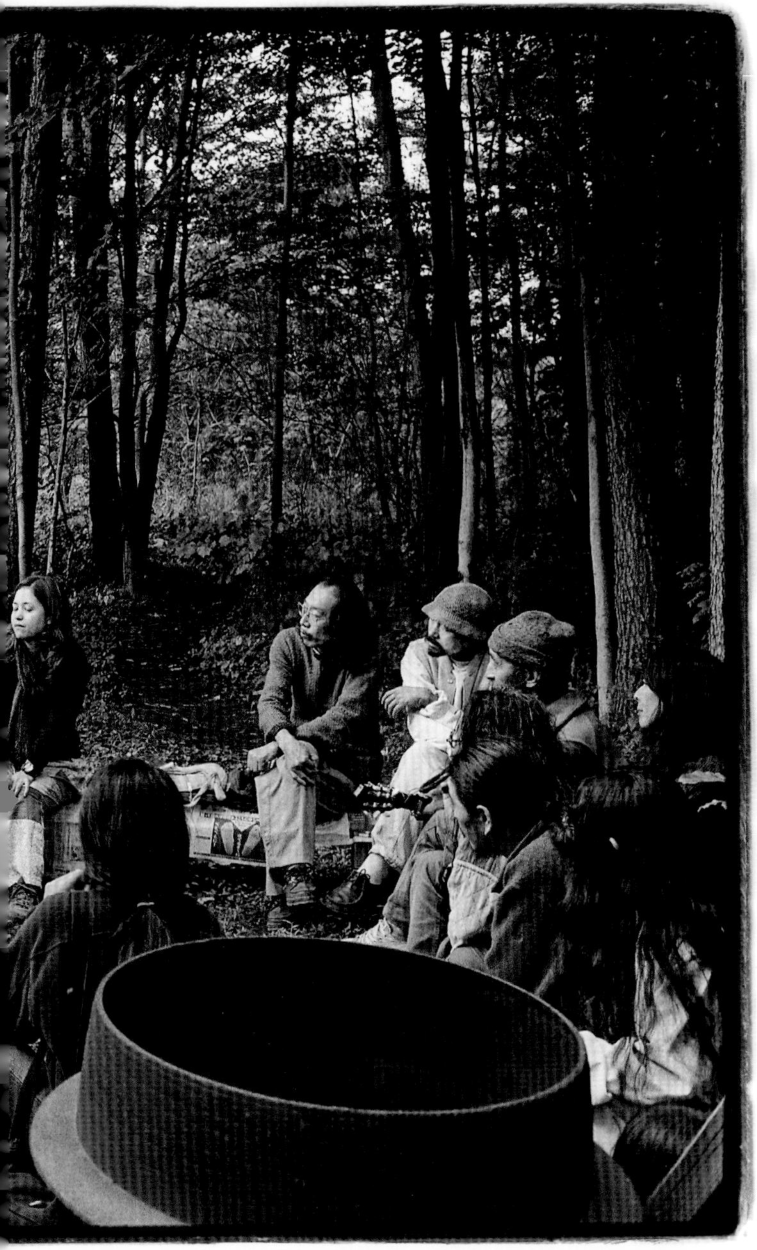

即興の朗読会が催された。内田ボブと。

長野県高遠で有機農業をやっている仲間たちからお茶をいただく。

アメリカ先住民、禅、部族

　カリフォルニアの岸辺から西に向かって
問いかけ続け、疲れを知らず、いまだ発見されざるものを求めて
老いたとはいえまだ子どものような私は、波の向こう側、母の家、
　　移民たちの母国を見やる

ホイットマン「カリフォルニアの岸辺から西に向かって」『草の葉』より

*

　山や森や動物たちに何かが起こっているという直接的な体験。ときには、髪の毛が逆立つような体験もあった。だから、アメリカ文化や他の文化の中で、誰がこのようなことについて語れるだろうかと長い間探してみた。このような私的な瞬間から出発してアメリカン・インディアンの伝承や極東文化を勉強するようになった。そして最後はコスモポリタンで実践可能なものとして仏教に関心を持つようになった。

対談集『本物の仕事』より（原題 The Real Work, 1980）

*

　D.T. スズキを初めて読んだ日のことははっきりと覚えている。それは 1951 年 9 月のことだ。僕は旧 40 号線をヒッチハイクしている途中で、東ネヴァダの広大な砂漠に立っていた。その本は 2、3 日前にサンフランシスコの本屋で見つけたものだった。僕は大学院に入学するためにインディアナに向かっていたのだが、ハイウェイの道端でなかなかやってこない車を待ちながら、買ったばかりの本を開いた。広大な砂漠の空間で数少ない車を待つのだから、『禅仏教論文集第一集』(Essays in Zen Buddhism, First Series) を読む時間は十分にあった。カタパルトでさらに広大な空間に打ち上げられたような気がした。そしてその時点では気がつかなかったのだが、それは僕の人類学徒としての経歴が終わった瞬間であった。

「D.T. スズキと旅しながら」"On the Road with D.T. Suzuki" 1983 年 7 月 20 日草稿

＊

バークレーは気持ちのいいところだ。僕のキャビンは静かで、そこで僕は日本語を勉強する。松の木を２本植えた。花崗岩の岩も２個置いてある。

フィリップ・ウェイレン宛書簡　1954年11月19日

＊

住む所を見つけた。最初にあたったやつだが、僕にはぴったりのものだ。部屋が１つだけのキャビン。洗面台とトイレは大家さんの家の後ろのポーチにあるものを使う。それもちょっと離れているだけだ。水は小屋まで運んでくる。電気の配線はお粗末だからヒバチで料理をし、それで暖をとらないといけない。家賃はひと月10ドル──まさに方丈記だ。

フィリップ・ウェイレン宛書簡　1955年9月

＊

［ルース・フラー・］ササキ女史がニューヨークから手紙を送ってきた。僕が日本で禅の修行をするために米国第一禅協会が奨学金を出してもいいと言っている。返事を書いてオッケーと言い、パスポート問題のことも話した。そうしたら返事があり、協会としては面倒なことになるといけないので奨学金についてはあらためて考慮しないといけないが、ササキ女史個人としてはスナイダーを自分の日本での秘書として採用する、渡航費も支払う、禅寺にも紹介すると言ってきている。だから、アメリカ自由人権協会（ACLU）と協力して国務省を納得させたらすぐに日本に発つつもりだ。それがいつになるかは定かではないが（……）。

フィリップ・ウェイレン宛書簡　1955年6月9日

注：スナイダーはリード・カレッジ時代に取得した船員手帳が原因で国務省のブラックリストに登載された。そのためパスポートの発行が遅れたが、ACLUの尽力などで、最終的にはパスポートを取得した。

長い間、資本主義だけがおかしいのではないかと考えていた。その後でインディアンの研究をし、大学では主に人類学を専攻した。何人かのアメリカ・インディアンの指導者たちとも親しくなった。それから、どうも誤っているのは資本主義だけでなく、西洋文化全体なのではないか、われわれの文化伝統の中には自己破壊的なところがあるのではないか、と考えはじめたのです。

対談集『本物の仕事』より

＊

　僕の血にはフロンティアふうのウォブリー・ソロー・アナキズムが流れている。それが僕の伝統だ。これを東洋の深みと結合させると、僕は文明をひっくり返すための梃子を手に入れることになるだろう。

フィリップ・ウェイレン宛書簡　1953年12月9日

　　注：
- ウォブリー：世界産業労働組合（IWW）。「古い殻の中に新しい社会を創造する」というスローガンを掲げた。当局の弾圧を受けて1920年に解散した。
- ソロー：ヘンリー・D・ソロー（1817-62）。主著『ウォールデン、森の生活』(1854)。

＊

（日本に向かう太平洋上）
有田丸で　1956年5月7日
塩——ケイソウ類——カイアシ類——ニシン——漁師——人間。食べる。

1956年5月16日
一体ぼくはこの食物連鎖のどこに位置しているのだ？

「最初の日本滞在」『地球の家を保つには』（社会思想社刊）より（原題 Earth House Hold, 1969）

＊

　西洋がわれわれにもたらしたものは社会革命であった。東洋が人間にもたらしたものは自己が基本的には無であるという個人的な洞察だ。我々に

は両方が必要だ。

「仏教と来るべき革命」『地球の家を保つには』より

*

　いまの問題の核心は、現代文明の巨大な成長エネルギーを、いかにくるりとひっくり返し、自己と自然に関する深い知識の探求へと変換させるかということにある。

「エネルギーは永遠のよろこび」『亀の島』(山口書店刊) より (原題 *Turtle Island*, 1974)

*

　[日本の] 部族(トライブ)は経済的には最下層の生活をしてきたので、アメリカには比較する対象さえないくらいだ。彼らが持っているものと言えば、最下層に到達したものが有するサバイバルの能力だろう。彼らのひとりひとりが最下層まで降りていき、そこで生き残ったが、やがて他にもそのような者がいることに気づき始めた。そこから彼らのサブカルチャーが誕生したというわけだ。
　このグループは文字通り徹底してドロップアウトした人間たちだから、どのようにしたら一緒に生き延びていけるかということを彼らは今学ぼうとしている。だからお互いにごまかしたりするわけにはいかない。彼らの互いに対する信頼は厚い。
　それから、彼らには自立の精神や個人的自由がある。これは日本ではあまり見られないものだ。日本社会は個人主義を助長する社会ではないからだ。また、個人主義や私的な生き方に加えて、彼らは共同で生活し、労働を共有することも学んだ。

「バークレー・バーブ・インタビュー」『本物の仕事』より

*

　60年代も後半に入り、70年安保改定をひかえて、まだ日本の若い人たちが解放の夢を持っていたころでした。新宿を中心にバム・アカデミー(乞

食学会）の動きが少しずつ広がって行き、長野県の八ヶ岳山麓に僕たちが小さな土地を購入してそれを仲間に開放したことと、トカラ列島の諏訪之瀬島に入植できたことをきっかけにして、その動きは一挙に「部族」結成へと進んで行きました。しかし、「部族」には規約もなければ会員制のようなものも一切なく、自分が部族だと思えば、その瞬間部族になるし、そうではないと感じればそうなるという性格のものでした。70年ごろの最盛期には、そのようにして自分を部族と感じている若い人達が程度の差はあれ何千人かいたと思います。むろんサンフランシスコでのヒッピームーブメントも最盛期でした。年齢的に見て、僕は60年代安保世代で、自分をヒッピーと感じたことは一度もなく、ひとりのビートニクだと思っていましたが、世間からはヒッピーの親玉のように言われて蔑まれました。

山尾三省、山里勝己宛書簡　1989年1月17日

＊

［……］「部族」というのは、［……］組織ではない組織というか、運動ではない運動、の呼び名だった。1967年から70年にかけて、「部族」は、世間ではヒッピーの蔑称あるいは尊称で呼ばれたが、「自由であること」「自然に帰ること」「自己の神性を実現すること」の三つを主として主張し、当時少なからぬ若者達の心をとらえた動きだった。この国家社会、管理社会を脱脚（ドロップアウト）して、原始共産世界のような部族社会を創り出して行こう、とする動きだった。

山尾三省『狭い道』（野草社刊）より

＊

［……］自然の中でぼくらは、自分らの手で家を作り、井戸を掘り、畑を耕し、魚を釣り、夜の闇の深さと、星の明るさを見つめ、太陽の熱さ、冬の厳しさ、空の青さを感じることを始めた。

山尾三省「部族の歌」『聖老人——百姓・詩人・信仰者として』（野草社刊）より

＊

　何年だったか忘れましたが、修験宗の本山のお寺で行われた6月の大祭にゲーリー、ナナオ、僕とで参加したことを覚えています。むろん彼は大徳寺に参禅していましたが、僕の印象では彼は禅宗よりも修験宗の方に合っている感じでした。
　次の日に、ナナオはどこかに消え、ゲーリーと僕、ロバート・テーラー（という名のどこかの国のアメリカ大使の息子）と坂尾雅文の4人のパーティーで、大峰山（修験道の本拠地）連峰の登山に出かけました。吉野口から登り、2泊3日で前鬼という所まで縦走しました。このとき、修験の山であるにもかかわらず途中の休憩所があまりにも塵芥で汚れているのを見て、ゲーリーの発案で2時間ばかりかけて4人で大掃除をしました。このことは何故か山上の宿坊に伝わり、その日の夕方宿坊に着くと、高位の修験僧が挨拶に来て、何であったか忘れましたが記念品をいただきました。大峰山の旅では、ゲーリーが不動明王の真言を知っていることも知りました。修験道の本尊は、むろん不動明王です。彼は山岳信仰としての修験道に、禅と同じほど興味を持っていました。

山尾三省、山里勝己への書簡　1989年1月17日

2001年、ナナオ・サカキ、長沢哲夫ら昔からの仲間たちが久しぶりに集まった(小淵沢にて)。

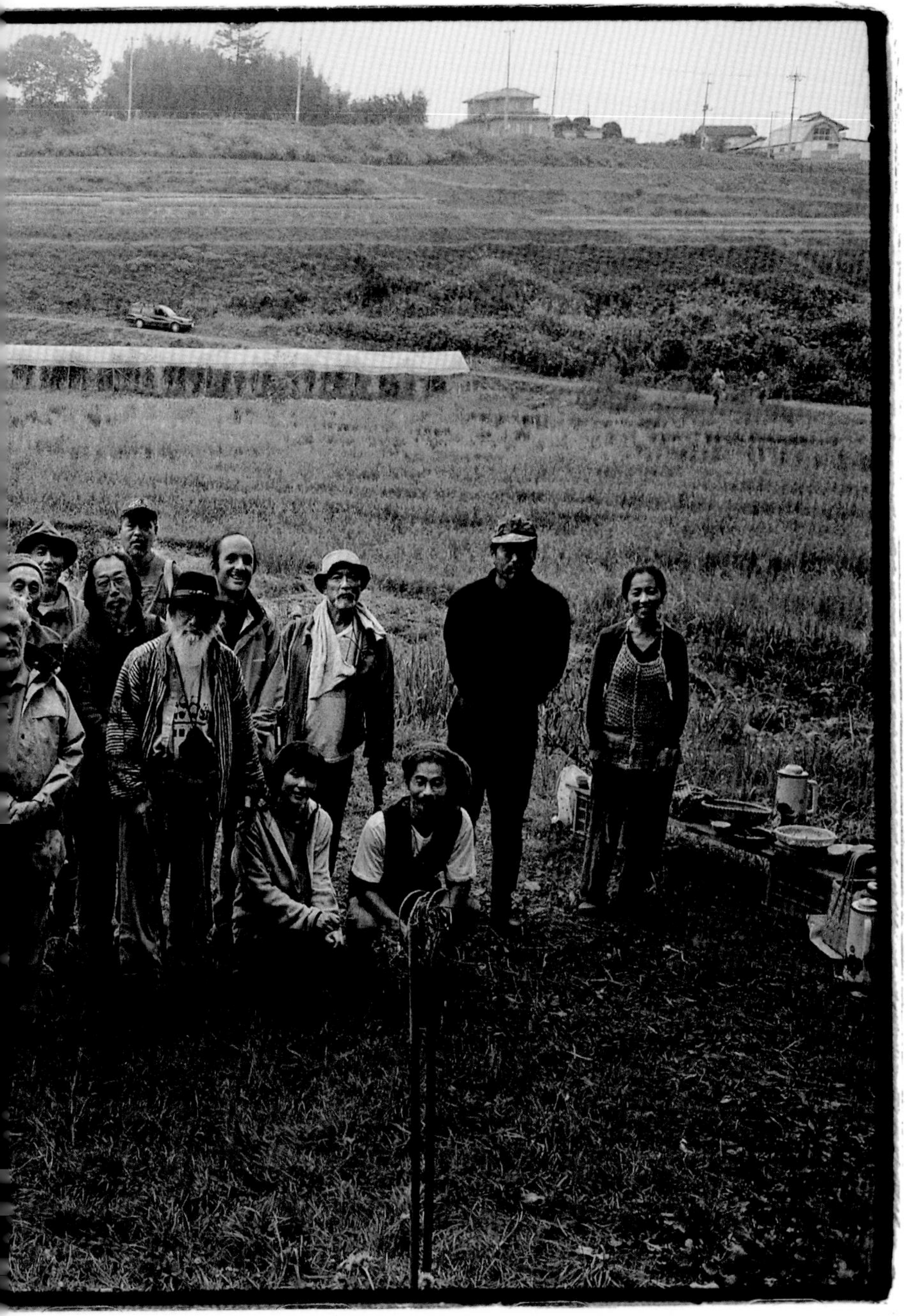

4月、平野の北の縁、多摩川の岸辺で

丸いなめらかな石
　　　　　が川縁の雑草の中に転がっている
　　　しめって灰色がかった大気。

多摩川の向こう岸では
　　　金網の筒が回転しながら砂利を選り分けている
　　　　　　ダンプカーが1台また1台と
積み荷を降ろしていく。

丘陵の奥地では
　　　　　水は澄んでいることだろう

　　　丸い焼き網を割れた煉瓦の上に置き
煙を上げて燃える枝で生のイカをあぶっている

雅は岩の上で腰をかがめ
水面に顔を近づけて何かをじっと見つめている、
ナナオと長沢は
　　　焼酎の入ったコップを手にしている。

友人たちと詩人たちが
雨の中で食べたり飲んだりしている、
　　　まわりにころがる玉石。

　　　　　『波を見ながら』より（原題 *Regarding Waves*, 1970）

By the Tama River at the North End of the Plain in April

Round smooth stones
>   up here in the weeds
> the air a grey wet.

Across the Tama river
>   A screen drum turns sorting gravel:
>   dumping loards in
>   dump trucks one by one.

Deep in the hills
>   the water might be clean

Grilling raw squid over smoky twigs
>   a round screen perched on the broken bricks

Masa bending on the rocks
Staring close to the water,
Nanao and Nagasawa
>   with their filled cups of shochu,

Friends and poets
Eating, drinking in the rain,
>   and these round river stones.

>   From *Regarding Wave (1970)*

味わいの歌

草の生きた胚芽を食べている
大きな鳥の卵子を食べている

　　　揺れる樹木の精子のまわりに
　　　ぎゅっと詰まった果実の甘み

　　　やわらかい声で鳴く雌牛の
わき腹や太腿の筋肉
　　　子羊の跳躍
　　　雄牛の尻尾の一振り

　　　土の中でふくれた
根っこを食べる

生きているものの命に頼っている
　　　空中から紡がれ
　　　葡萄の中に隠された
　　　　　　光の粒。

お互いの種を食べている
　　　　　　ああ、お互いを
　　　食べ合っているのだ。

パンを食べる恋人の口に口づけする
　　　——唇に唇をかさねて。

　　　　　　『波を見ながら』より

Song of the Taste

Eating the living germs of grasses
Eating the ova of large birds

   the fleshy sweetness packed
   around the sperm of swaying trees

The muscles of the flanks and thighs of
        soft voiced cows
   the bounce in the lamb's leap
   the swish in the ox's tail

Eating roots grown swoll
       inside the soil

Drawing on life of living
    clustered points of light spun
       out of space
hidden in the grape.

Eating each other's seed
       Eating
  ah, each other.

Kissing the lover in the mouth of bread:
     lip to lip.

From *Regarding Wave*

長野県中川村の旧友のイエルカ宅で歓迎会、珍しくギターを弾いた。

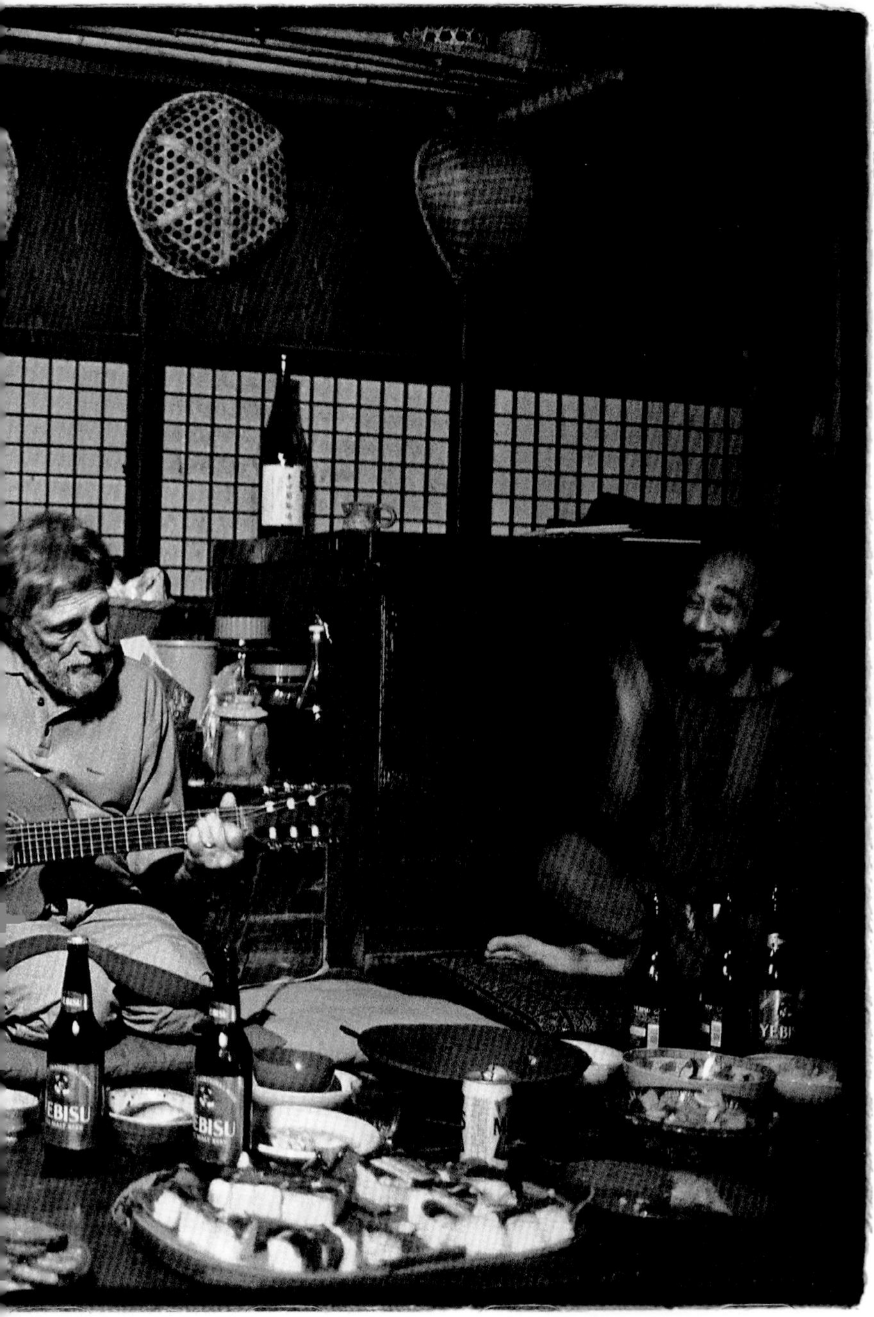
YEBISU
YEBISU
YEBIS

大鹿村のヤギのチーズを作っている延齢草という宿で一泊。

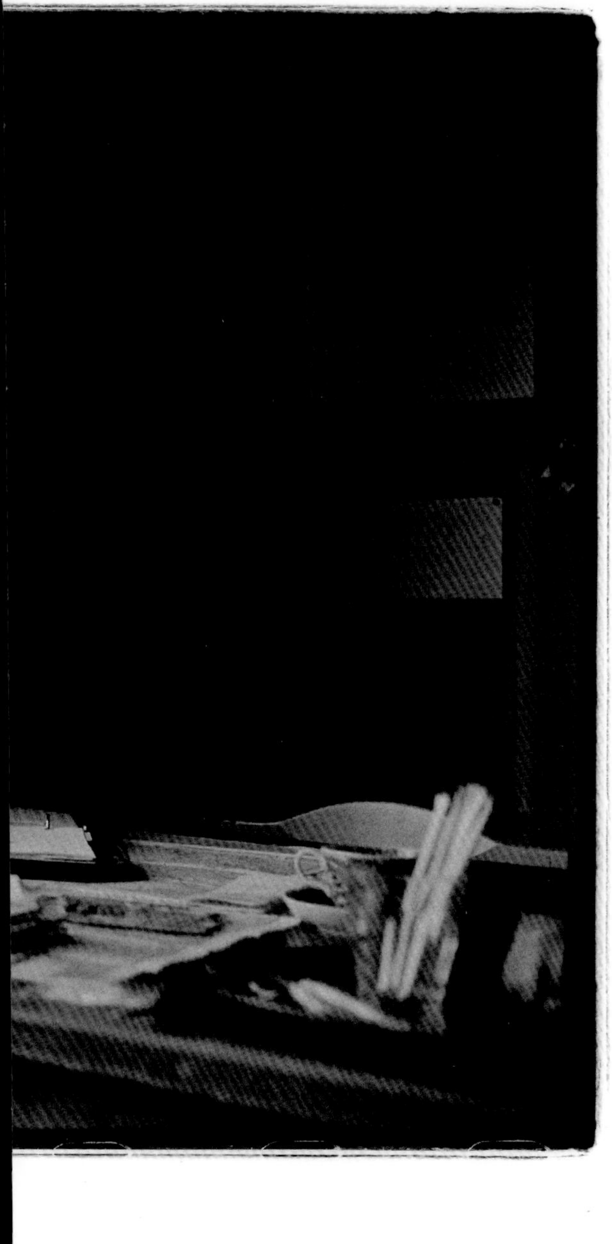

『惑星の未来を想像する者たちへ』序文

　私たちの希望は相互に浸透し合う領域を理解し、私たちがどこにいるかを学び、そうすることによって地球全体を視野に入れたエコロジカルなコスモポリタニズムの生き方を確立することにある。
　そのためには、身軽に、慈悲深く、高潔さを保ちながら心は激しく、「野生の精神」の自らを律するエレガンスをもって生きていきたまえ。

　Our hope would be to see the interacting realms, learn where we are, and thereby move toward a style of planetary and cosmopolitanism.
　Meanwhile, be lean, compassionate, and virtuously ferocious, living in the self-disciplined elegance of the "wild mind."

『惑星の未来を想像する者たちへ』より

南アルプスをバックに大鹿村の部族の旧友たちと記念撮影。

カササギの歌

(略)

枝にとまったカササギが
頭をかしげて言った。

　　「心のうちには、兄弟、
　　碧青の世界。(ターコイズ・ブルー)
　　ふざけてなんかいないよ。
　　そよ風の匂いを嗅いでごらん
　　すべての木々の間を吹き抜けてきたのだから
　　　　　これから先のことなど
　　怖がらなくてもいい
　　西の丘のいただきの雪は
　　毎年そこにあるから
　　だから安心して。
　　地面には一枚の羽――
　　風の音――

心のうちには、兄弟、
碧青の世界」(ターコイズ・ブルー)

　　　　　　　　　　『亀の島』より

Magpie's Song

. . . .

Magpie on a bough
Tipped his head and said,

"Here in the mind, brother
Turquoise blue.
I wouldn't fool you.
Smell the breeze
It came through all the trees
No need to fear
What's ahead
Snow on the hills west
Will be there every year
be at rest.
A feather on the ground—
The wind sound—

Here in the mind, brother
Turquoise blue"

From *Turtle Island*

2000年10月、東京、湯島聖堂でのポエトリー・リーディング。

東京の芝増上寺で山尾三省と久しぶりの再会をはたす。

原子力エネルギー

山尾　　　　［……］原子力エネルギーというものをどう思いますか？
スナイダー　　たいへんヒドイものですよ。人間がコントロールできないもの、特に核廃棄物はね。誰もそれをどう処理していいかわからないんですから。
山尾　　　　人間のキャパシティーを超えてしまっていますね。
スナイダー　　そうです。その古代エネルギーはあまりにも古すぎて、あまりも遠すぎて、私たちからかけ離れているものです。
山尾　　　　……いいテクノロジーと危険なテクノロジーをよく見分けていく必要がありますね。
　　　　　　　ちょうどこちらへ来る前に東海村の動燃再処理工場で爆発事故がありました。それ以前にも日本の美浜原発とか敦賀市の「もんじゅ」、スリーマイルやチェルノブイリなどでもすでに事故が起きていますね。人間が造り出した物から逆に牙をむかれているんですね。
スナイダー　　誰がつけたのか知らないけど、その発電所を「もんじゅ」と呼んでいる、あれはイヤだね。文殊は知恵の菩薩なんですよ。……皮肉だね。あと「ふげん」。……文殊と普賢。普賢菩薩は愛の菩薩ですよ。
山尾　　　　これは歴史に残る名コピーですね、ブラック・ユーモア。
スナイダー　　こういうのはアメリカの原子炉に「イエス」と名づけるのと同じようなことです。
山尾　　　　「イエス」、なるほど。

　　　　　　　　　　　　　　　『聖なる地球のつどいかな』（山と溪谷社刊、1998年）より

注：本対談は1997年3月、カリフォルニアのスナイダーの自宅で行なわれた。

3
次の世紀

ミューア・ウッズの朝の光に輝く森。

子どもたちのために

上昇する
統計の丘、その険しい斜面が
ぼくらの前に横たわる。
すべてが急に
上がっていき、昇っていき、
ぼくらはみんな
落ちていく。

次の世紀
あるいはそのまた次の世紀には
谷間や牧草地があり、
うまくいけば
ぼくらはそこで
みんなで平和に会えるという。

やがてくるこのような頂を越え行くために
きみたちにひとこと、きみたちと
きみたちの子どもたちに――

離れず
花々から学び
身はかろやかに

『亀の島』より

For the Children

The rising hills, the slopes,
of statistics
lie before us.
the steep climb
of everything, going up,
up, as we all
go down.

In the next century
or the one beyond that,
they say,
are valleys, pastures,
we can meet there in peace
if we make it.

To climb these coming crests
one word to you,
to you and your children.

stay together
learn the flowers
go light

From *Turtle Island*

マラコフディギンズ(19世紀の金の水力採鉱跡)。

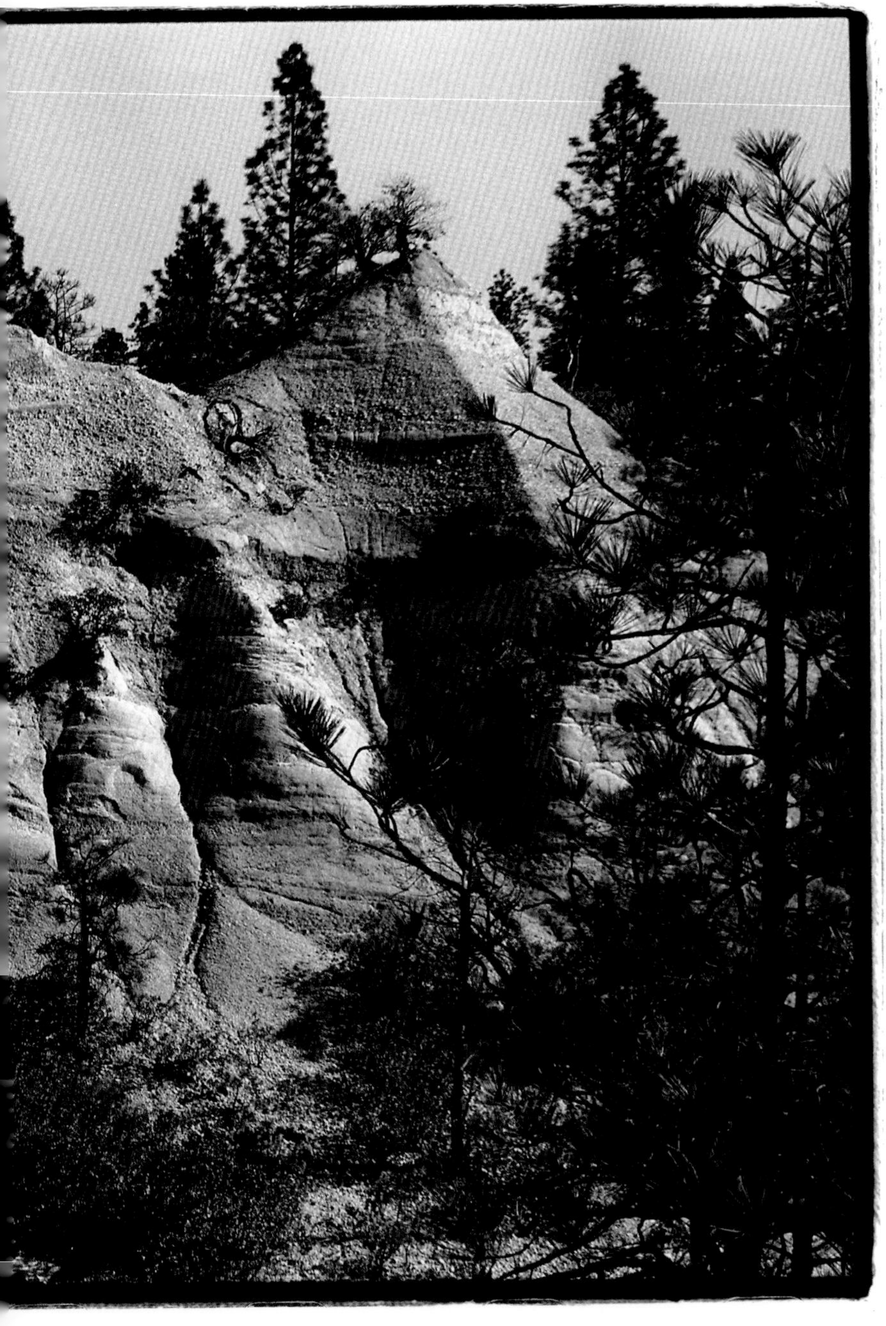

この土地で起こったこと

――3億年前――

初めに海があった――やわらかい砂、泥、泥灰土
　　　　堆積し、圧縮され、熱され、ねじ曲がり
　　　　　　破砕され、再結晶化し、相互浸透があり、
何度も隆起し、それからまた水底に沈んだ。
やがて溶けた花崗岩のマグマの貫入
　　　　それが深層で冷却され、斑晶ができ
　　　　　　　黄金を含む石英が　亀裂に満ちていく。

――8千万年前――

海底の堆積層が隆起し褶曲する
　　　　花崗岩はその下深く沈んでいく。
幾世紀も続く暖かく静かな雨が
　　　　　　（暗赤色の熱帯の土壌を作り）
　　　　　　　地表を2マイルも削り
鉱脈がむき出しになって、河床に
　　　　黄金の塊が転がる
　　　　　　粘板岩と結晶片岩が黄金にからまる
火山灰が流れ落ち　水の流れをせきとめ、
　　　　やがて黄金と砂礫が堆積する。

――3百万年前――

北へ流れる二つの川がつながって
　　　　長く幅の広い湖となる。

What Happened Here Before

—300,000,000—

First a sea: soft sands, muds, and marls
    —loading, compressing, heating, crumpling,
        crushing, recrystallizing, infiltrating,
several times lifted and submerged.
intruding molten granite magma
    deep-cooled and speckling,
        gold quarts fills the cracks—

—80,000,000—

sea-bed strata raised and folded,
    granite far below.
warm quiet centuries of rains
    (make dark red tropic soils)
    wear down two miles of surface,
lay bare the veins and tumble heavy gold
    in streambeds
        slate and schist rock-riffles catch it—
volcanic ash floats down and dams the streams,
    piles up the gold and gravel—

—3,000,000—

flowing north, two rivers joined,
    to make a wide long lake,

それからそれは傾いて川はふたたび分かれて
　　　西に流れ
　　　フェザー、ベア、ユバの流れとなって
　　　　　渓谷を切り開いていく。

ポンデローサパイン、マンザニータ、黒樫、イチイ
　　　鹿、コヨーテ、ブルージェイ、灰色リス、
　　　地リス、狐、尾グロウサギ、
　　　リングテール、ボブキャット、熊
　　　　がここに住むためにやってきた。

──4万年前──

そして人間がバスケット・ハットやネットを持ってやってきた
　　　地下につくった冬の家
　　　緑に塗ったイチイの弓
　　　煙たい闇の中で男の子や女の子には
　　　ご馳走やダンスや歌や物語

──125年前──

それから白人たちがやってきて古い砂礫や黄金を見つけるために
　　　大きなホースで水を流して
　　　木や岩をひっくり返した。
馬、林檎園、トランプ、
ピストルを撃ち合い、教会が建ち、牢屋ができた。

　　　　　＊

and then it tilted and the rivers fell apart
>	all running west
>	to cut the gorges of the Feather,
>		Bear, and Yuba.

Ponderosa pine, manzanita, black oak, mountain yew,
>	deer, coyote, bluejay, gray squirrel,
>	ground squirrel, fox, blacktail hare,
>	ringtail, bobcat, bear,
>		all came to live here.

>		—40,000—

And human people came with basket hats and nets
>	winter-houses underground
>	yew bows painted green,
>	feasts and dances for the boys and girls
>		songs and stories in the smoky dark.

>		—125—

Then came the white man: tossed up trees and
>	boulders with big hoses,
>	going after that old gravel and the gold.
horses, apple-orchards, card-games,
>	pistol-shooting, churches, county jail.

>		*

僕らはこの土地は誰のものか尋ねた、
　　　そしてどこで税金を払うのかと。
(この土地を20年も使わなかった2人の紳士、
そしてその前は使い古した鉱山の証文を親父からもらった男の未亡人)
こんな権利を急いで押しつけられたこの土地は
　　　マイドゥ族の支族の
　　　ニセナンの人々が鹿を狩りドングリを集めた土地ではなかったか？

(その人々は決して話す機会を与えられなかったし、
　　　　自分の名前さえも告げることができなかった。)
(そしていま誰がグアダルーペ・イダルゴ条約を記憶しているというのだ。)

　　　　土地はそれ自身のもの
　　　　「自我に自我なく、物に自我なし」

　　　海原のような天空、その渦巻く虚空の中を
　　　　　　点滅し
　　　　　　ながら
　　　世界がめぐり
　　　尻尾をくわえた亀の島が泳いでいる

そしてコーンウォールの鉱夫の子孫のトバイアセン氏が
　　　　郡の税金の査定をする。
(税金とは僕らの身体と精神の産物、
　　　　年ごとの式典に招かれた客、重く味わい深くなった
　　　　太陽の光を称えつつ
肉体と眼とかなり大きな脳を求めて
　　　　食物連鎖を上ってきて、

We asked, who the land belonged to,
       and where one pays tax.
(two gents who never used it twenty years,
and before them the widow
       of the son of the man
       who got him a patented deed
       on a worked-out mining claim,)
laid hasty on land that was deer and acorn
       grounds of the Nisenan?
       branch of the Maidu?
(They never had a chance to speak, even,
       their name.)
(and who remembers the Treaty of Guadalupe Hidalgo.)

       the land belongs to itself.
       "no self in self; no self in things"

       Turtle Island swims
       in the ocean-sky swirl-void
       biting its tail while the worlds go
             on-and-off
             winking

& Mr. Tobiassen, a Cousin Jack,
       assesses the county tax.
(the tax is our body-mind, guest at the banquet
       Memorial and Annual, in honor
       of sunlight grown heavy and tasty
       while moving up food-chains

高みから己の姿を
　　　　振り返り眺めている）。

　　　　　　いま、

僕らは金の採鉱場の近くに座っている
森の中、焚き火のそばで、
月や惑星や流星を見つめながら——

ぼくたちは誰なの？と息子たちがきいてくる
家で採れた林檎を干しながら
野苺を干しながら、肉の燻製をつくりながら
わら束に矢を放ちながら

空軍のジェット機が北東に向かう、轟音を立て、いつも
夜明けに

あのひとたちは誰なの？と息子たちがたずねる

いつかわかるさ
いかにいきるべきかを
だれがそれをしっているかを

松の木でブルー・ジェイが高い声で鳴く。

　　　　　　　　　　　　『亀の島』より

in search of a body with eyes and a fairly large
            brain—
        to look back at itself
        on high.)

                now,

we sit here near the diggings
in the forest, by our fire, and watch
the moon and planets and the shooting stars—

my sons ask, who are we?
drying apples, picked from homestead trees
drying berries, curing meat,
shooting arrows at the bale of straw.

military jets head northeast, roaring, every dawn.
my sons ask, who are they?

>   *WE SHALL SEE*
>   *WHO KNOWS*
>   *HOW TO BE*

Bluejay screeches from a pine.

From *Turtle Island*

枯れたマンザニータとキットキットディジーの林床。

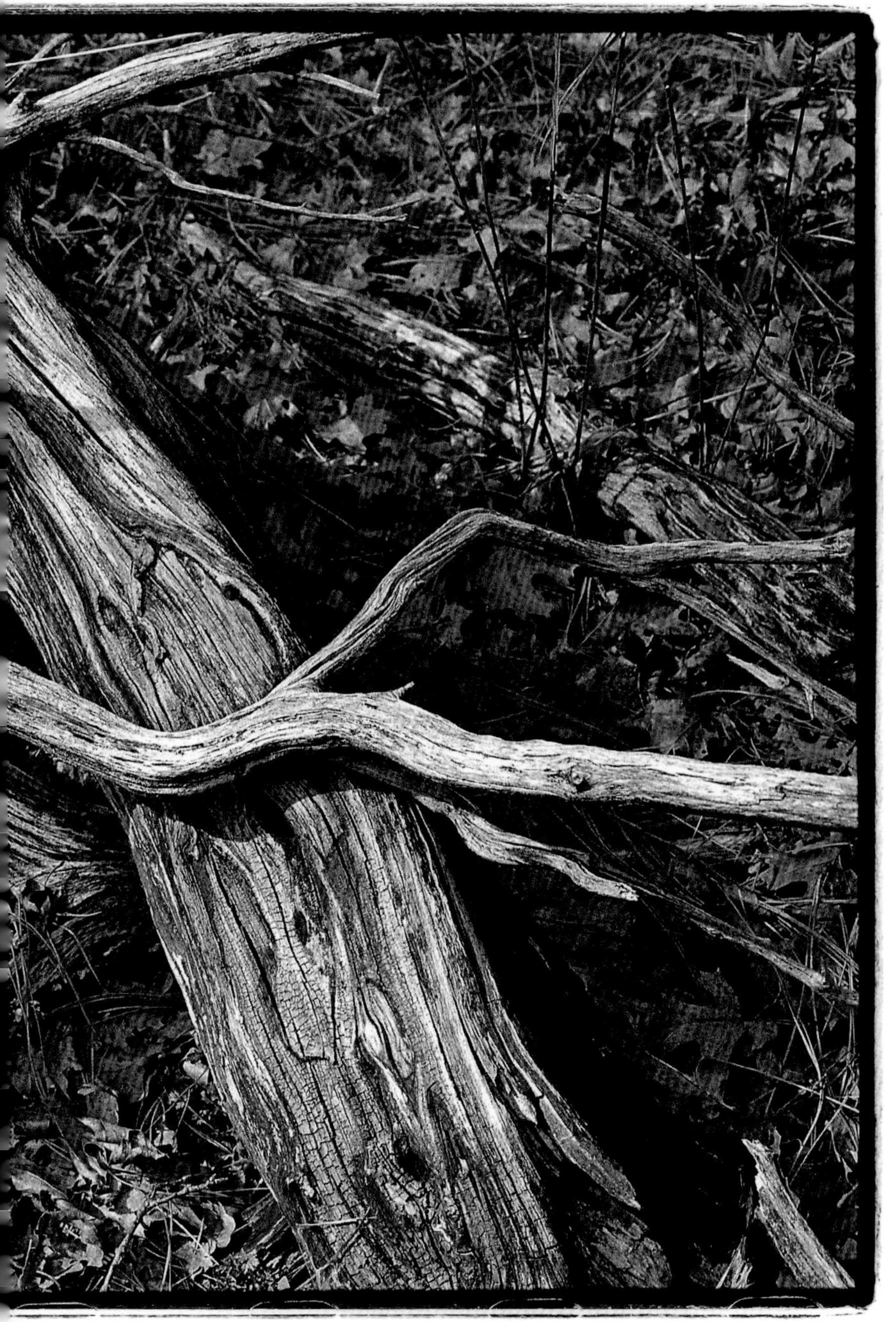

林床を這う

　臙脂(えんじ)色の成熟したマンザニータの太い幹の間を、私は道を探しながらひとつの尾根の稜線をゆっくりと進んでいた。進む方向を選択すると、私はきびきびと前進した——地面の上を這いながら。

　ハイキングでもなく、散歩でもなく、ぶらついていたわけでもなく、私は這っていたのだ。森の中を、着実に、最後まであきらめないと心に決めて。野生の世界への遠出と聞けば我々は通常は直立した歩行運動を思い浮かべる。我々は高山地帯の開けた空間を大股で歩いていく自分自身を想像する——あるいは、それはセイジブラシュ（ヨモギ）が広がる荘厳な空間を横断していく自分であるかもしれない。また、それは、年老いたシュガーパインの林の薄暗い下生えの植物群の中を歩いていく自分でもあるだろう。

　しかし、20世紀後半の、中高度に位置するシエラネヴァダの森を直立歩行することは易しいことではない。そこには山火事や伐採から回復しつつある多くの区域があり、またシエラの山火事の歴史を調べてみると、そこにはいつでもマンザニータが生えている区域があることがわかるはずである。だから人々は古い伐採搬出道路やトレイルの上を歩くのであり、普通はこのようにして森林を体験するのだ。そのため、マンザニータやソリチャが広がる土地、灌木が地表を覆っている場所、そして森林の下生えの植物群などは、その野生のままの平穏さを保つことができるのである。

　私が森の中を這っていったのは12月下旬のこと、空は晴れわたり明るく輝いていたが、気温は氷点近いものであった。あちらこちらに雪が積もっていた。私たちは何をしていたかというと、退職しようとしていた土地管理局の林務官と一緒に少人数で「ベア・ツリー区画」（6番区画）の四隅と境界線を探していたのである。その林務官はこの土地で長く勤めた人物で、何年も前の測量調査を覚えていたのであった。トレイルを離れてみるとそこにはもう道はなく、そのまま森に飛び込むしかない。バリバリと音を立てるマンザニータの葉に覆われた地面に四つん這いになり、その幹の間を這いまわるのだ。森林を這う者の正しい装備一式は、皮の仕事用手袋、

頭にぴったりとはまる縁のある帽子、長袖のデニムの仕事着、そしてフィルソン社製の（蠟やオイルを染みこませた）古い厚手のズボンだ。尾根に沿ってしばらく行き、それから灌木の急斜面をカワウソのように雪や葉っぱの上を腹這いになって滑り降りていく——慣れると体もしなやかになってくる。太いマンザニータに囲まれた昔の切り株、いまだに硬さを失わない古いウルフトゥリーから落ちたヤニのついた枯れ枝、強靱な松かさ、草に覆われたドラッグ・ロード（古い舗装されていない森林伐採用道路）、捨てられた4フィート（約1.2メートル）もある丸太が数本、古い大枝や小枝が網の目状に交差し、ときには熊の糞にも出合ったりする。だから、雪に顔をくっつけていて、私はたくさんの熊の足跡を見つけたこともあった。

一緒にいた仲間が「熊の木だ！」と言って我々を呼び戻した。見てみると、確かにその通りで、松の大木の幹に山火事で焼かれてできた空洞があった。疑いもなく、これはアメリカクロクマのねぐらで、樹皮には引っかき傷も見える。熊、鹿、アライグマ、狐——みんな我々の隣人だ——が行くところに行こうと思えば、腹這いになることを厭わないことだ。

このように、私たちはヒト科動物＝人間のプライドを克服し、トレイルから逸れ、藪の中にまっすぐに入っていき、森の中の道なき世界の地形や動物たちを見つけることを楽しんだのである。しかし、本当に道がないのかといえば、そうではない。というのは、そこにはそれ自身の論理を持った小動物たちのトレイルがあるのだから。腹這いになり、迅速に前進し、樹木のない空間を見つけると立って2、3ヤード歩き、それからまた体を折って腹這いになる。これをうまくやる秘訣は立つということに執着しないことだ。地面の上で体を楽にし、四足獣に、あるいは必要ならば、蛇にでもなればいい。若いモミの木についた冷たい露を顔で払う。腐葉カビや菌糸体の快い匂いが手の下の腐植土から立ち上り、やがて半分埋まったヤマドリタケが姿を現す。這っていると、実際に秋のキノコの匂いを嗅ぎ出すことができるのだ。（中略）冒険好きな人たちには、手袋とジャケットと帽子を準備してそこに入っていき、カリフォルニアを探求しなさいと私は言いたいのである。

「浸透性の世界」『惑星の未来を想像する者たちへ』より

ミューア・ウッズの一部

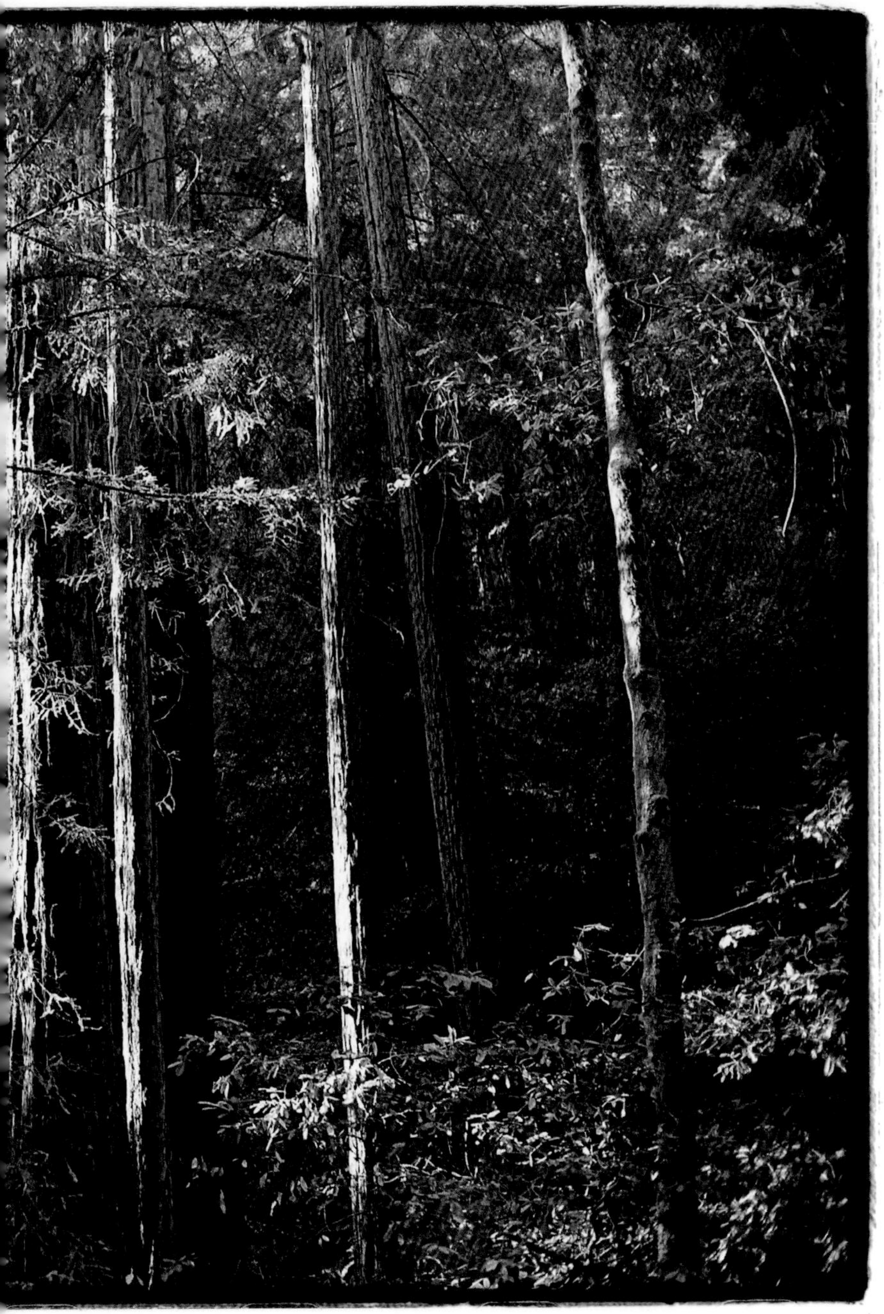

森を焼く

かつて
ここに住んでいたインディアンたちが
やったことは
毎年、下生えの茂みを焼くことだった。
そのため、森や、渓谷の上流で
樫や松は
高くすっきりと伸び
その下には
草や、キットキットディジーが生えていたが、
それが燃え上がり樹冠火にまでなるというような
ことはなかった。

いま、マンザニータ
(それはそれで立派な森の藪)
が新しく成長した木々の下に茂り
伐採後の木屑と混じり合い
もしも山火事があればすべてを焼き尽くしてしまう。

火事はここではよくあること。
だから僕は
森にとって有益な秩序のために、
自然の法則に
敬意を表しながら
熱くさっぱりとした火で、下生えを焼いて、
僕の住む土地の役に立つことをしてみたい。

Control Burn

What the Indians
here
used to do, was,
to burn out the brush every year.
in the woods, up the gorges,
keeping the oak and the pines stands
tall and clear
with grasses
and Kitkitdizze under them,
never enough fuel there
that a fire could crown.

Now, manzanita,
(a fine bush in its right)
crowds up under the new trees
mixed up with logging slash
and a fire can wipe out all.

Fire is an old story.
I would like,
with a sense of helpful order,
with respect for laws
of nature,
to help my land
with a burn. a hot clean
burn.

（マンザニータの種は
　　火に焼かれるか　熊の体内を通過した後でしか
　　発芽しない）

そうしたら
この土地は
もっとよく似たものになるだろう

昔、
それがインディアンたちのものであった頃のように。

『亀の島』より

    (manzanita seeds will only open
    after a fire passes over
    or once passed through a bear)

And then
it would be more
like,
when it belonged to the Indians

Before.

From *Turtle Island*

道を離れて本来の場所に還る。ミューア・ウッズの一部

III

カリフォルニア平原の川

コルサでサクラメント川を渡り
南と東に広がる堤防に沿って進んだ
頭上のコンクリート建造物には何千羽ものツバメが巣くっている
車道としてつかっていたのか、それとも歩道であったか、いまや
うち捨てられたまま。ビュート・クリークの
　　　　　　　　　　　近く。

ゲンがツバメの飛翔に合わせて小さい円を描いて走る
　　　　　　　　　　　　　　　笑いながら
ツバメは橋の下をくぐって向こう側に飛び去る。

カイは寡黙にコンクリートの柱にもたれ
矢のように飛ぶ一羽の鳥を
眼で追っている。

僕はソックスに付着した草の種を取り除いている。

海岸山脈。黄色く渇いた正面の丘、
それより高い後ろの丘には青灰色の棘のある低木、
ここはカリフォルニア中央大平原、
干拓され、植物が植えられ、灌漑された土地、
　　　　千フィートの深さの土壌
　　　　千エーカーの果樹園

River in the Valley

We cross the Sacramento River at Colusa
follow the road on the levee south and east
find thousands of swallows nesting
on the underside of a concrete overhead
roadway? causeway? abandoned. Near
                Butte Creek.

    Gen runs in little circles looking up
    at swoops of swallows—laughing—
           they keep
    flowing under the bridge and out,

    Kai leans silent against a concrete pier
    tries to hold with his eyes the course
    of a single darting bird,

    I pick grass seeds from my socks.

The coast range. Parched yellow front hills,
blue-gray thornbrush higher hills behind,
and here is the Great Central Valley,
drained, then planted and watered,
    thousand-foot deep soils
    thousand-acre orchards

　　　　　日曜の朝、
コルサで朝食を出しているのは一カ所だけ
年老いた川船乗りやトラクターの運転手が
ミルクをたっぷり入れたコーヒーを飲んでいる。

サッター・ビューツの北から
マウント・ラッセンの雪が見える、
デソレイション・ピークの南には
シエラの高峰がくっきりと円を描いて連なっている。
息子の一人が、「川はどこから流れてくるの」と訊く

丘の上から糸のような細い流れが、集まってここまで——
でも、川はね
本当はどこにでもある、
すべての川が同時に流れ、
すべてが一つの場所を流れている。

　　　　　　　　　　　　　『斧の柄』より

Sunday morning,
only one place serving breakfast
in Colusa, old river and tractor men
sipping milky coffee.

From north of Sutter Buttes
we see snow on Mt. Lassen
and the clear arc of the Sierra
south to the Desolation peaks.
One boy asks, "Where do rivers start?"

in threads in hills, and gather down to here—
but the river
is all of it everywhere,
all flowing at once,
all one place.

From Axe Handles

4

私とゲーリー・スナイダー

シエラネヴァダを水源として北カリフォルニアを流れる川。

私とゲーリー・スナイダー——①

ゲーリーさんに教えられたこと

宮内勝典（作家）
Miyauchi Katsusuke

　ゲーリー・スナイダーに会ったのは2回だけだ。だから自分には語るべき資格はない、適任者でもないと思いながら、つい胸のなかで「ゲーリーさん」と呼びかけてしまう。交友はないけれど、わたしにとってはそういう詩人なのだ。最初に出会ったのは18歳のときだった。当時、かれは京都に住みながら大徳寺で座禅の修行をしていた。いまとなっては赤面するしかないが、いきなり家に押しかけていったのだ。ゲーリーさんにとっては迷惑だったはずだが、静かに微笑みながら、野良犬のような18の少年に向きあってくださった。どんな言葉を交わしたか、もう記憶は茫々と霞んでいる。ただ、仏陀を思わせる穏やかな微笑だけは忘れていない。

　それから永い年月が過ぎた。折りにふれて、かれの詩を読みつづけてきた。森林で働き、湖の上に電線を張り渡す仕事をしているときの詩がとても好きだった。かれの詩は簡潔でありながら、勁い。ぎりぎりの強度がある。道を歩きながら言葉の石ころにぶつかるような物質感がある。その物質感こそ、幻想をそぎ落としたあとの禅的な意識ではないかと思われる。だがわたしは、深くのめり込むことを漠然と自戒しつづけていた。極限まで言葉を削りつづけていくかれの詩は、物語を発動させるべき小説家にとってはきびしい死刑宣告のようなものだと感じていたから。

　2011年の春、わたしはアウシュビッツを訪ねた。帰路、ベルリンに立ち寄ったとき、恐ろしい映像にぶつかった。海が、わたつみが襲いかかり、家々が燃えながら押し流されていく。足がふるえた。次の日、イスラエルへ飛び、延々と連なる灰色の壁の内側、パレスチナを歩き回った。難民キャンプで働くドイツ人青年のパソコンを借りて調べていくうち、さらに茫然となった。大津波だけではなかったのだ。福島原発が事故を起こして

いた。たち昇る水素爆発の煙がキノコ雲に見えた。

　原発がどういうものか教えてくれたのも、ゲーリーさんであった。何かのインタビューで語っていたのだ。ウランを燃やして、お湯を沸かし、その水蒸気で発電タービンを回しているだけなのだと。いまとなっては常識であるが、20年ぐらい前のことだ。びっくりして、目から鱗が落ちた。原子力発電というと何かもの凄い技術だろうと思い込んでいたわたしは、それから文献を漁りはじめた。そして確認した。すべてゲーリーさんが語っている通りだった。

　この世界を機械だらけにしてしまった産業革命とは、つまるところ水を沸騰させ、その水蒸気をエネルギーにすることであった。たとえば、そう、蒸気機関車を思い浮かべるといい。石炭を燃やして湯を沸かし、その蒸気で鉄の車輪を回す。あらゆる機械を回す。そうして一気に、資本主義が加速していった。原発も、蒸気機関車と似たようなものだ。石炭や石油のかわりに、ウランの核分裂で湯を沸かし、その蒸気で発電タービンを回す。原理的には、ただそれだけのことなのだ。

　メルトダウンした福島原発から20キロ圏内が立ち入り禁止の「ゾーン」となった。わたしたちが日々暮らしている世界に特異点のようなものが出現した。「ゾーン」はすでに死の町と化している。家々も、スーパーマーケットも、牛丼屋も、回転寿司屋もすべてが空っぽで、コンクリートの道路を飢えた犬や牛がさまよっている。草や木々だけが旺盛に繁り、牛たちは汚染された緑の草を食んでいる。そんな光景を見るたびに、ゲーリーさんがwildness（野生）について語った言葉が甦ってくる。

　北米先住民たちは、地上になんの痕跡も残さないまま去っていった。白人たちに敗れて、滅びたわけではないが荒涼とした半砂漠のリザベーション（保留地）に追いつめられて細々と暮らしている。人口も少ない。野牛を追いながら草原を移動していた、かつての生活ではない。北米大陸の主役の座から追われていったのだが、かれらインディアンたちは地上になんの痕跡も残さなかった。遺跡らしいものは、ほとんどない。寺院もない。街や集落の遺構もない。かれらは広大なアメリカ大地の野生を保ったまま、

静かに去っていった。文明がなかったからか。未開だったからか。いや、そうじゃない、地上になにも残さなかったことが凄いのだとゲーリーさんは語っている。

　そう、わたしもアメリカ先住民たちと暮らしたことがあるからよく分かる。かれらは決して寺院など建てない。そこに草原がひろがり、雲が湧きたち、川が流れている。祖父母の眠る大地もここにある。森があり、雪をかぶる峰も、渓谷もある。聖なるものが目の前にあるのに、なぜ寺院など建造しなければならないのか。それがアメリカ先住民たちの哲学であり、世界観なのだ。

　ゲーリー・スナイダーという詩人は、だれよりも深く先住民の世界を生きたアメリカ人だ。ほかにも写真家のエドワード・カーティスや文化人類学者たちがインディアンの社会へ肉薄していったけれど、やはり外部からの視線であったことは否めない。先住民たちは自分たちが暮らす大地を「亀の島」と呼んでいた。ゲーリーさんの代表作も *Turtle Island* という詩集である。きわめて象徴的だ。ふつうのアメリカ人たちは自分たちの国の基層から目をそむけがちだ。先住民たちを虐殺して土地を奪ったこと、その土地にアメリカ合衆国が成り立っていることを直視しない。だからインディアンたちを荒野の一角に囲い込んで視界から遠ざける。見えないようにする。だがゲーリーさんは、ここが「亀の島」にほかならないと地霊を呼び起こす。金融街も、スーパーマーケットも、ハイウェイも、原発も、すべてが「亀の島」の甲羅に乗っかっていることを明らかにする。

　福島原発の事故が起こってから、わたしには奇妙なくせがついてしまった。一秒の死を歩く（長沢哲夫）ように、目に映るものすべてを一瞬、一瞬ごとに、虚と、虚でないものに分けてしまうのだ。べつに大げさなことではない。たとえば目の前に美しい女性がやってきたとき、つけ睫毛をつけていると気づいた瞬間、虚であるとふり分ける。最新流行のファッションも、デパートも、原発も、テレビも、大新聞も、ほとんどが虚ではないか。歩きながら言葉の石につまずきそうになるゲーリーさんの詩は、その対極にある。

キットキットディジーの庭で。

私とゲーリー・スナイダー——②
地球に生かされていることを楽しみながら

長沢哲夫（ナーガ・詩人）
Nagasawa Tetsuo

　夏の終わりか？　台風15号が島の東の海をゆっくりと北上していて、夕べから激しい雨風、その雨風の音を聞きながらゲーリーとのことを思い出し書いていこう。細かいことはすっかり忘れているのだけれど。

　ある日、ナナオが新宿の風月堂にニール・ハンターを連れてきて話をしていた。通りかかったぼくにナナオは「君、ぼくらは今、歴史は有罪か無罪かということで話しをしているところだが、君はどう思うかね？」とたずねてきた。1962年、春のことだった。

　ニール・ハンターはしばらくナナオと新宿あたりをぶらぶらしていた後、インドに向かって日本を出ていった。しばらくしてハンターの友人のガバン・マッコーミックが京都から風月堂に来て、ハンターの伝言をナナオによこした。京都にいるゲーリー・スナイダーにぜひ会うようにということ。そしてアレン・ギンズバーグが近々ゲーリー宅に寄るということ。

　ぼくらはその夏も南の方に旅をする予定だったので、途中、京都のゲーリーを訪ねていくことにした。ギンズバーグの詩集『吠える』は、ぼくらはかなり気にいってよく読んでいた。京都はちょうど葵祭りをやっていた。ぼくら4人は祭りの京都の街をぶらぶら歩き回った。2、3日後、アレンは東京経由でアメリカに帰っていったが、ナナオとぼくは数日、ゲーリーの家にとどまった後、九州に向かった。その後ぼくらは南に旅をする時は、必ず京都でヒッチハイクを下り、ゲーリーの家に滞在した。ゲーリーはもちろん毎日大徳寺に参禅に通っていた。その頃、歌い始めたばかりのボブ・ディランを初めて聞いたのもゲーリーの所でだったし、サンフランシスコあたりでの若者たちの動きも、仏教や密教に関する話しの合間に聞

いた。ゲーリーは時々アメリカに行っていたので、まさに熱い情報をゲーリーからもらっていた。

　1967年の4月、ぼくら乞食学会（バム・アカデミー）は新宿で、「人類の滅亡を予言する」と銘うってデモをした。ゲーリーもやってきて戸山ガ原の三角山の頂上で大きくほら貝を吹きならし、それを合図にぼくらは新宿まで4キロメートルほどをマントラを唱えたり、ギターを弾き歌を歌ったりしながら歩いた。ゲーリーのほら貝も鳴り響いていた。次の日は安田生命ホールでゲーリーも参加してポエトリー・リーディングをやり、その後ロックの音にのってみんなで踊った。

　その7月、ゲーリー、マサそしてゲーリーの友人フランコと一緒に、ぼくは京都からトカラ列島の諏訪之瀬島に向かった。バンヤン・アシュラムはまだ始まったばかりだったので、竹林の伐採、開墾、小屋作りといった仕事が毎日続いていたが、一日一度はサンゴの海に泳ぎにいき、ゲーリーは手モリで魚を突いたりもした。ある朝ぼくらはみんなでオタケの火口を見おろす頂上まで登り、ゲーリーとマサの結婚式をあげた。ゲーリーとマサはお神酒を飲み交わし、火口にちらちら見えるマグマの火に祈った。そしてゲーリーの吹くほら貝の音が響きわたった。バンヤンに戻ったぼくらはすぐ海に向かいひと泳ぎした後、披露宴を行なった。島の住民みんながやってきて蛇皮線を奏で、山羊皮太鼓を叩き歌い踊り、盛大な宴になった。

　2カ月ほど諏訪之瀬島滞在の後、宮崎での部族の祭りを経てゲーリーたちは京都に帰り、ぼくは東京に戻り、「部族」1号の編集に取りかかった。ゲーリーがサンフランシスコから持ってきてくれた最新のフリーペーパー『オラクル』を手本にした。

　1968年初め、ぼくはインドに向かい1年ほど旅をすることになったが、その間にゲーリーはサンフランシスコに戻っていった。その後、ぼくは諏訪之瀬島で、ゲーリーはキットキットディジーで暮らすようになり30年ほど会うことはなかったが（ゲーリーの長男のカイが島を訪ねてきたことがあった）、1998年の春、東京に出たぼくはゲーリーが来ていることを知り、六本木のホテルの部屋に訪ねていき、再会を喜んだ。その時、ナナオ

も会いに来ていた。

　そして、2000年10月、湯島聖堂で「弓の島から亀の島へ」というポエトリー・リーディングをゲーリー、ナナオ、山尾三省、内田ボブらとともに行なった。数日後、ゲーリーとぼくらは、小淵沢でおおえまさのりさんやその仲間たちと集まりを持ち、ゲーリーの話を聞いたり、大鹿村ではイエルカ宅で囲炉裏を囲んで、飲んだり話をしたり歌ったりと楽しくにぎやかにくつろいだ。この文明の中で、野に生きている、野に生きようとするぼくらの久しぶりの集まりだった。

＊

　ゲーリーの詩のおいしさは一つに、つきることのない自然の描写にある。常に目が目の前の自然の働きにそそがれ、それが言葉になり書きとめられる。ぼくらにとって自然は決して異質なものではないどころか、ぼくら自身自然以外の何ものでもないわけだし、自然は常に動き常に変わっていくことをゲーリーはしっかりととらえ言葉にする。そして、

　　広々とした野に　小屋が一軒ぽつんと
　　野の中の小さな小屋
　　小屋の中の野
　　二つとも忘れられる自然はない
　　二つともに　一つの大きな空っぽの小屋

「水ものさざ波」(ナーガ訳)『No Nature』より

＊

　この文明は排気ガス、核廃棄物、プラスチックのゴミ、その他、種々な人工のゴミとともに走りまわっている。とにかくゆっくりということはない。いつも早く早くと息せき切って走り続けている。行くところまで行くだろう。すぐわきを歩きながら、ぼくらはそれを静かに見送ろう。地球に生かされていることを楽しみながら、野に生き、そう、内にある野を文明に飼い慣らされていない心をたどっていこう、静かに、ゆっくりと、一人一人、また一緒になって、あるがままに。

大鹿村の原生林の中で、左、ナーガと、右、内田ボブ。

なぜ、いま、ゲーリー・スナイダーか

山里勝己（名桜大学教授、琉球大学名誉教授）
Yamazato Katsunori

場所と人間

　2011年3月11日の未曾有の出来事は我々にとってどのような意味を有するものであったか。マスコミや一般的な論調は、これは「中央」と「周縁」の問題、つまり、「中央」が「周縁」（あるいは「辺境」）に不都合なものを押しつけることによって、「周縁」もしくは「辺境」を犠牲にしている、日本の現代文明はそのように成り立っていて、これは社会的公正さという点で日本社会に大きな問題を提起している、ということであった。これは、たしかにその通りであり、原子力発電に象徴される「中央」と「周縁」・「辺境」の問題は、ついにはフクシマを超えて、日本の主流から長年無視されてきた「辺境」としてのオキナワに対する構造的な差別の問題を露呈するまでに議論が全国的に拡大してきた。これ自体は、オキナワに住む私などから見たら、むしろ戦後60年余にして初めて、日本人が日本という国家の理不尽さに覚醒し始めたかと思える程度のものである、と言っても言い過ぎにはならないだろう。

　しかし、問題の本質というか、フクシマやオキナワの問題の根底に横たわり、メディアの論議から漏れ落ち、一般の視点からも見過ごされているものは何かというと、それは〈人間と場所〉の関係性の問題である。これは、何も新しい問題ではなく、じつは近代の歴史の中で人間が問いかけてきた基本的な問題のひとつである。

　例えば、アメリカという国の成り立ちを振り返ってみよう。2万年から4万年ほど前にネイティヴ・アメリカンの祖先たちがゴビ砂漠あたりから移動を始め、アラスカを通って南北アメリカ大陸に南下し、拡散していった。それから黄金の国ジパングをめざしたクリストファー・コロンブスがそれまで想像もできなかった〈新〉世界と遭遇すると、ヨーロッパが一

気に流動化し、ヨーロッパ人の大航海と大移動が世界の変貌をもたらした。1700年代には、イギリスのピューリタンたちがそれまで住んでいた土地から自らを切断し、新しい神の王国の建設をめざして北アメリカ大陸へと大西洋を渡っていった。しかし、神の国の夢は、大陸の誘惑（＝土地の誘惑、土地を所有することから生じる富の誘惑）に身をまかせたヨーロッパ人たちが原生自然の中に拡散し、教会が求心力を喪失することで挫折することになった。それから、拉致されたアフリカ人たちが大西洋を越える移動を強制され、奴隷となった。その後に、大西洋の3倍はある太平洋を越えて、アジア人たちが続々と南北大陸に渡っていった。あるいは、太平洋の島嶼地域に移動した。それは、安価な労働を必要としたプランテーションというシステムや、大陸横断鉄道建設などに、アジア人を誘惑する必要があったからである。そのような彼らも、ヨーロッパ人同様に、故郷の土地との関係を切断し、歴史や「場所の感覚」＝土地に関する体系的な知識を放棄することで、新しい場所へと移動していったのであった。

　このような、ひとつの場所から自らの人生や生活を意識的に切断し、新しい土地を求めて移動するということが産業革命の後で急速に人の移動のパターンとして確立された。近代工業文明が〈人と場所の繋がり〉を切断する原動力となったのである。つまり、近代工業文明は、帰属する場所を喪失し、精神的に漂流を続ける人間を大量に生み出したのであった。

　このような現象から日本人も自由ではなかった。管啓次郎は、日本人の「帰属と流動」の問題について、次のように述べている。
すこし長いが引用してみよう。

> 日本で、大都市への極端な人口集中をはじめとする住民たちの国内移住が本格化したのは、20世紀、それも第二次大戦後になってからのことだろう。20世紀を駆け足で通過したせいぜい2、3世紀の間に、われわれの大部分は土地との絆をすべて喪失し、大中小の都市に「移住者」ないしは一種の「異邦人」として暮らすことになった。

（『野生哲学』40）

このような人々を精神的なホームレスと呼んでもいいだろう。東京一極集中を許容し、「中央」と「周縁」という空疎な言説が流通する日本文化は、いまだ（ホームレスな）漂流の文化を称揚し続ける、もはや時代遅れになった文化として停滞してしまっているように思える。

場所とは？

現代思想の中で、場所と人間の関係性をもっとも深く鋭く語ってきたのは、ゲーリー・スナイダーである。スナイダーが語る〈場所〉という概念について、私なりにおおまかに要約しておこう。〈場所〉とは——

⑴ 人間（だけ？）が日常的に生活する＝定住しているところ。
⑵ 生活の蓄積から家族の歴史、村の歴史、町の歴史が創造されるところ。
⑶ 定住し、繰り返される日常の中で記憶が蓄積されるところ。
⑷ アイデンティティが形成されるところ。
⑸ 帰属感が獲得されるところ。
⑹ 職業が獲得されるところ。
⑺ （親戚、友人がいる）社会的な関係が構築されるところ。
⑻ 精神的、宗教的な聖域が身近にあるところ。
⑼ 安心できる／不安から自由でいることができるところ。
⑽ 人間が土地／自然と接触するところ。
⑾ 土地／自然との接触からその土地の歴史や特徴をよく知っているところ。
⑿ その土地の植物、動物、川、丘などをよく知っているところ（名称、特徴など）。
⒀ 人間と自然環境（動物や植物や物理的諸条件）が網の目状に結びつき、相互依存関係にあるところ。
⒁ その土地の自然との関係で〈エコロジカル・アイデンティティ〉が形成されるところ。〈アイデンティティ形成に自然という要素を加味する——場所に特別な意味を付与する〉：自分の名前、家族、住所、集落、町、

県、国、地球＋自然との関係に新たな意味が付与されるところ。
⒂ このような知識や記憶や身体感覚が絡み合った知識体系を「場所の感覚」(Sense of Place)と呼ぶ——場所は、それが創造されるところ。

　別の言い方をすれば、我々はすでにこれまでに獲得している土地の知識の体系に自然またはエコロジー、あるいは　環境に関する知識を意識的に加えることで、〈自分が生活する場所に関する知識の体系〉、つまり〈場所の感覚〉を構築する。「場所」はこのような生き方をするところであり、本書における高野建三の写真は、このようなスナイダーの場所に関する思想を、深いアングルから写し撮って記録するものになった（高野建三は、世界で初めて、スナイダーの住居キットキットディジーとその森の姿を自由に撮ることを許された写真家であった）。

亀の島

　20世紀初頭のモダニズムが都市を漂流するデラシネを描くことに傾斜した文学であり、場所／土地との接触が希薄な文学であったと言えるのであれば、20世紀後半から台頭したネイチャーライティングまたは環境文学（あるいは「場所の文学」）の特徴のひとつは、自然環境との緊密な交渉をともなう「場所」の読み直しであろう。たとえば、1970年代あたりからアメリカ先住民の活動家たちが北米大陸を「亀の島」(Turtle Island)と呼び始めたことはどのような意味を持つのであろうか。この名称は、ゲーリー・スナイダーのピューリッツァー賞を受賞した同名の詩集（1974）で広く知られるようになったものであるが、それは日本から帰国した翌年の1969年に先住民の政治活動家から教わったものだという。スナイダーにとって、この名称は、「豊饒で複合的な思想の再編成を可能にするもの」であり、アメリカ先住民の歴史と文化に関する真実の大部分を隠蔽し、征服者たち——つまり現代の支配的な社会——のために書かれた「自己奉仕的な歴史」を書き換える可能性を有するものであった。

　『亀の島』の序文の一部を引用してみよう。

この名前［亀の島］は、多くの川の流域と生命の共同体――植物帯、自然地理学的地域、文化圏――からなるこの大陸で、自然の境界に従いつつ、より正確にわれわれ自身を見るためのもの。U.S.A.とその州や郡はここに実際に存在するものを無視して、恣意的かつ不正確に押しつけられたもの。

　この文章では、コロンブスやコルテスやユーロ・アメリカンなどの「征服者」の歴史や土地の命名のありようを俯瞰し批判した上で、「亀の島」という先住民の創世神話に基づく名称が対置される。コロンブスの「亀の島」との遭遇からスナイダーの詩集『亀の島』(1974) まで482年、アメリゴ・ヴェスプッチの航海に続く（初めて〈アメリカ〉という名称が歴史に登場した）マルティン・ヴァルトゼミューラーの世界地図 (1507) から467年、つまりほぼ5世紀にわたって使用されてきた〈アメリカ〉という名称とそれにともなって書き継がれてきた歴史に対置されたのがこの名称である。これは、言うまでもないことであるが、ほぼ4万年から2万年というユーロ・アメリカンの歴史に先行する先住民の時間と場所の存在を示唆しつつ、1970年代に始まった意識的な北米大陸の歴史と場所の読み直しを意図する名称である。さらに言えば、この名称は、北米において人間が登場する以前の地質学的、生物学的歴史という、先住民の歴史さえ越えていくきわめてディープな枠組を示唆する。
　スナイダーがどのように場所の読み直しをしているか、その例を「この土地で起こったこと」("What Happened Here Before") と題する作品で見てみよう。これは1970年に移り住んだ土地の来歴を、詩人がどのように理解したかを示す作品である。作品は3億年前の地球の描写から始まる。初めに海があり、砂、泥、マグマの貫入と続き、金を含む石英が作られる。8千万年前：海底層が隆起、褶曲し、河床に黄金の塊が露出し、金と砂礫層が蓄積される。3百万年前：川がつながり、マンザニータやブラック・オーク、鹿、コヨーテ、ブルージェイ、狐、熊がこの土地に到来する。

4万年前:藁の帽子をかぶり、弓を持ち、歌や踊りや物語を持って先住民たちがやってくる。125年前:白人たちの登場、水力採鉱法による金の採掘、馬、林檎園、トランプ、銃、教会、監獄——。

　　この土地は元々
　　マイドゥ族の支族の
　　ニセナンの人々が鹿を狩りドングリを集めた土地ではなかったか?
(その人々は決して話す機会を与えられなかったし、
　　　　自分の名前さえも告げることができなかった。)
(そしていま誰がグアダルーペ・イダルゴ条約を記憶しているというのだ。)

「この土地」とは、ポンデローサ松が茂り、野生動物が生きる、シエラネヴァダ山脈西側斜面にある森である。「この土地」は、また、マイドゥ族やニセナン族など、サクラメント渓谷東部からシエラネヴァダ山脈の北部山麓をその「場所」としていた先住民が住んでいた土地であった。スナイダーにとって、土地の来歴を知ることは自らのアイデンティティを知る行為に他ならない。すなわち、このようなポストコロニアルな文脈で語られる場所とアイデンティティ、あるいは場所の獲得と場所の剥奪または喪失(ディスプレイスメント)の歴史は、スナイダーにとってきわめて重要なテーマである。だから、「ぼくたちは誰なの?」と息子たちが問いかけてくるカリフォルニアのひとつの場所において、先住民が生きた歴史とその文化の痕跡を抹消するわけにはいかない。人間は場所を生きる存在であり、場所との繋がりのありようを新たに模索しながら生きることを、スナイダーというポストモダンの詩人は究極の命題として生きてきたのだと言えよう。それは、先住民から学んだことであるが、同時に京都での10年余に及ぶ生活やアジア文化との接触から得られた洞察に基礎を置くものでもあるだろう。

場所を喪失した人々——オキナワとフクシマ

　3・11とそれ以降の現象は、日本に現出した「沈黙の春」であると言ってもいい。レイチェル・カーソンがその著書で描いたアメリカ的な寓話ではなく、21世紀の日本人は過酷な現実そのものと対峙することになった。カーソンが描いたようなアメリカの架空の土地でのできごとではなく、原子核のエネルギーのもたらす圧倒的に悲惨な状況を1945年に体験した日本人は、2011年の3・11によって原子核の巨大なエネルギーの制御不可能な力と人間の矮小さという古い教訓を再度突きつけられてしまったのである。原発の周囲で鳥の卵は孵るか、鳥の歌声は聞こえるか、それを人間は聞くことはできるか？　鳥は歌うがそれを聞く人々の姿が見えないのだ。その人々はどこに行ったか、その人々が住んでいた「場所」はどうなったのであろうか？

　現代日本には場所を喪失し漂流する人々がいる。あるいは、管啓次郎が指摘しているように、近代の日本社会全体が、場所との繋がりを喪失し、精神的に漂流してきたと言ってもいいのかもしれない。そして、いまの日本において場所を喪う意味をもっとも明確に語っているのがオキナワとフクシマなのである。

　オキナワで喪われた場所は、いま米軍基地のフェンス（金網）で囲まれ、人々はそこに（そこがいかなる聖域であろうと）自由に立ち戻ることはできない。例えば、いま問題になっている普天間基地のことを考えてみればいい。あるいは広大な嘉手納基地のことを想起すればいい。そこは延々と続く灰色のフェンスによって隔離された土地に変貌してしまっている。土地を奪われた人々は、そのまわりに密集して住むか、あるいは遠く南米へと移住を余儀なくされた。灰色のフェンスは破壊のための武器とエネルギーを囲い込み秘匿するために、人々の穏やかな生活と文化を容赦なく破壊し排除したのであった。

　このことはフクシマでも再現された。2011年3月11日以降、「安全神話」の内実が露呈されたあと、場所に生きる人々が、避難勧告区域と呼ばれる

場所から排除されたのである。不可視の放射能のバリアは、人間が管理できない死のエネルギーを囲い込み、(オキナワの米軍フェンスと同様に) 人々の伝統的な生き方や文化を駆逐したのであった。

「場所」の喪失、移動、漂流というパターンを、1945年以降のオキナワと2011年以降のフクシマの人々が期せずして共有することになった。フクシマの破壊された原子炉周辺のバリアや、オキナワの軍事基地を取り囲むフェンスは、人々から場所の記憶を奪い続ける。フクシマとオキナワは、中央と辺境／国策と犠牲の物語としても語り得るであろうが、根本的には、場所と人間、場所と文化、あるいは場所と近代工業文明の問題として語られるべきものである。なぜ人は、強制的に排除された場所にいくたびも戻って行こうとするのか。そこには、容易に説明しがたい人間と土地の深い絆が横たわっているのである。

再定住へ

ゲーリー・スナイダーの40年余にわたる森の中の生活は「再定住」と呼ばれる実験であった。ヘンリー・D・ソローが、19世紀のウォールデンの森で、アメリカの産業革命に抗して生きる意味を確かめようと詳細な記録を残したように、スナイダーは爛熟する近代工業文明に抗する「再定住」の意味をその詩や散文や住居に表現した。それは、漂流することをやめて、再度、土地と人間の繋がりを確認することをその核心とする思想である。流動する伝統的なアメリカ社会を背景とする思想であるということもできるだろうが、それは近代工業文明をその批判の射程に収め、グローバリゼーションでデラシネと化した人々とその文化に根本的な再考を迫るものでもある。繰り返すが、これは欧米人だけのことではない。これはアジア人の課題でもあり、現代日本人が直面するのっぴきならない問題なのである。

もしかしたら、私たちは、世界の中心は、いま、ここ、にあるのではなく、どこか (例えば、ロンドン、パリ、ワシントン、東京などの) 遙か遠

くの外部にあるものと思っていないか。私たちは、イナカとトカイ、「中央」と「地方」、「中心」と「周縁」という、単純な対立概念に呪縛された生を生きてはいないか。だから、いま、ここに生きていても、心理的には、どこか外部へと自らを漂流させていないか。「心ここに有らず」で、〈私〉は、いま、ここに生きているのではなく、心のなかでは、どこか、もっと文明が進んで、「高度な」文化を有する、他のどこかに生きているべきだ／行くべきだ、と思ってはいないか。これはいうまでもなく近代工業文明のもたらした心理作用から生じる精神的生き方であり漂流である。そのような生き方に、スナイダーは新しい思想を対置するのである。

　それでは、〈私〉は〈私〉の存在と生をいかにして意味あるものにするか。「再定住」する中で〈私〉は何をすべきか？　「場所」を学ぶこと、「場所」を見直すこととはどのような学びを意味するのか。それが新しい文化・知を創造することであるとすれば、どのような知識、世界観が私に希望をもたらし、いま、ここでの生を意味あるもの、充実したものにすることができるのか。「再定住」はこのようなことを問いかけるものでもある。そして、それは、自己を新しく発見すること、すなわち新しいアイデンティティ＝エコロジカル・アイデンティティの生成をもたらすものでもある（日本では、例えば、屋久島でその詩人としての生涯を終えた山尾三省が日本的な〈再定住〉のありようを作品に表現し、森や海との交感のありようを読者に示してくれた）。

　心理的な漂流、近代工業文明が称揚する「ホームレス」の生き方をやめ、いま・ここで場所を生きる／生き直すこと、これが〈再定住〉とスナイダーが呼ぶ生き方であり、高野建三の写真の多くがその背景にある思想を撮っているはずである。そしてそれは、いま深い混迷の中にある日本人の未来に示唆を与え、究極的には、地域や国境を越え、惑星の未来を想像する仕事、21世紀の新しい生き方を創造することに繋がっていくはずである。

ゲーリー・スナイダー年譜 (山里勝己作製)

1930 5月8日、サンフランシスコで生まれる。父ハロルド・スナイダー、母ロイス・ウィルキー・スナイダー。

1932 家族でワシントン州レイク・シティー近郊に移住、両親は酪農場を営む。妹アンシア生まれる。

1942 スナイダー家、オレゴン州ポートランドに移住。

1943 ポートランドにあるリンカーン高校入学。夏、ワシントン州セント・ヘレンズ山のふもとにあるスピリット湖のキャンプ場で働く。

1945 8月13日、セント・ヘレンズ山に初登頂。14日、下山後、広島と長崎への原爆投下の新聞記事を読む。

1946 ポートランド・マザマズ登山クラブに入会、最年少会員となる。夏、ユナイテッド・プレスとポートランドで発行されている『オレゴニアン』紙のコピー・ボーイとして働く。リンカーン高校を卒業。北大西洋岸にある多くの高山に登頂。

1947 夏、ワシントン州南部のカスケード山脈でバックパッキング。カスケード山脈の最高峰レーニア山(4392メートル)登頂。奨学金を得てポートランドにあるリード・カレッジに入学。

1948 夏、ニューヨークまでヒッチハイク。船員手帳を取得し、船員組合に入会。厨房助手として働きながら南米のコロンビアとヴェネズエラへ航海。

1949 夏、ワシントン州南西部にあるコロンビア国有林(現在のギフォード・ピンショー国有林)で合衆国森林局のトレール(登山道)建設に従事。

1950 リード・カレッジの学生文芸誌『ヤヌス』に最初の詩を数編掲載。6月、アリソン・ギャスと結婚、半年後に別居(52年離婚)。夏は国立公園局のヴァンクーバー砦遺跡(ワシントン州)発掘に従事する。

1951 春、リード・カレッジ卒業。専攻は文学と人類学。卒業論文は"The Dimensions of a Haida Myth"(「ハイダ神話の諸相」)。夏、ウォーム・スプリング・インディアン居留地で働く。オリンピック山地をバックパッキング。秋、インディアナ州までヒッチハイク、インディアナ大学ブルーミントン校大学院入学(人類学専攻)。ヒッチハイクをしながら鈴木大拙を読む。詩人を志し、一学期で大学院を退学。

1952 サンフランシスコでさまざまな仕事に従事。リード・カレッジからの親友で詩人のフィリップ・ウェイレンと共同生活をする。夏はワシントン州のマウント・ベイカー国有林にあるクレーター山頂で火の見番の仕事に従事。山頂で座禅を組み、俳句に親しむ。

1953 夏、マウント・ベイカー国有林にあるサワドウ山で火の見番。『神話と本文』の執筆を始める。秋、カリフォルニア大学バークレー校東アジア言語学科大学院に入学(55年まで在学)、日本語と中国語を専攻。サンフランシスコ詩壇の中心人物であったケネス・レックスロスと知り合う。

1954 夏と秋、オレゴン州のウォーム・スプリング製材会社でチョーカーセッター(木材に荷縛り索を巻きつける係)として働く。米国第一禅協会発行の『ゼン・ノーツ』(*Zen*

Notes）に「山伏的性癖を有する者へ」と題するエッセイを発表。このころ協会代表のルース・フラー・ササキと知り合う。
1955　夏、ヨセミテ国立公園の高地でトレール建設の仕事に従事。その後、ヨセミテ南東部のミナレツとカーン川上流でバックパッキング。秋、バークレーで中国語と日本語の研究を継続。中国文学の教授のもとで寒山詩の翻訳を始める。秋、レックスロスを通してアレン・ギンズバーグやジャック・ケルアックと知り合う。ギンズバーグとふたりで詩の朗読会を企画。10月、サンフランシスコのマリーナ地区の「シックス・ギャラリー」で朗読会を開催。サンフランシスコの北にあるミル・ヴァレーの小屋でケルアックと共同生活。
1956　4月、長編詩『終わりなき山河』の執筆を構想する。5月、ルース・フラー・ササキの支援で米国第一禅協会から奨学金を得て貨物船で日本に出発。神戸に入港、京都の相国寺で三浦一舟老師のもとで禅の修行と仏教の研究を始める。大徳寺龍泉庵で日本人の学者らと仏典の英訳に取り組む。夏は日本人の友人たちと北アルプスに登山。京都で能を観る。
1957　8月、横浜からタンカー「サッパ・クリーク」に乗船、船員として機関室で働く。ペルシャ湾に5度航海、イタリア、シシリー、トルコ、沖縄、ウェーク、グアム、セイロン、サモア、ハワイに原油を運ぶ。
1958　4月、カリフォルニアに戻る。6月、マリン郡にある小屋に住む。この小屋をマリン庵と命名、リード・カレッジ時代からの友人ルー・ウェルチと共同生活、友人たちに座禅を指導する。日本に戻るまでの9カ月間、作家や詩人たちと交流。詩人のジョアン・カイガーと出会う。
1959　日本へ戻る。大徳寺僧堂の小田雪窓老師のもとで禅の修行を再開する。詩集『リップラップ』（*Riprap*）、京都で印刷、出版。販売はサンフランシスコのシティー・ライツ・ブックス。
1960　詩集『神話と本文』（*Myths & Texts*）、詩人リーロイ・ジョーンズのトーテム・プレスから出版。京都でジョアン・カイガーと結婚。
1961　12月、カイガーと船でインドへ。船上で日本の詩人ナナオ・サカキの英訳詩を紹介される。スリランカ、インド、ネパールを旅する。ヨーロッパ経由でインドに来たアレン・ギンズバーグらと合流。ダラムシャーラでダライラマと会見。
1962　5月、スナイダーとカイガー、日本に戻る。
1963　アレン・ギンズバーグ、インドからアメリカへ戻る途中で京都を訪ねる。7月、スナイダーとギンズバーグ、京都でナナオ・サカキと会う。日本の「部族」との交流が始まる。
1964　5月、西海岸に戻る。シエラネヴァダ山脈のバッブズ・クリーク周辺を長期間にわたりバックパッキング。秋、カリフォルニア大学バークレー校で詩のワークショップと2、3の科目を教える。
1965　夏、「バークレー・ポエトリー・コンファレンス」開催。ロバート・ダンカン、チャールズ・オルスン、ジャック・スパイサー、ジェームズ・コラー、ルー・ウェルチ、アレン・ギンズバーグらが参加。ギンズバーグとブリティッシュ・コロンビアへ旅行、

北カスケード山脈のグレーシャー・ピークに登頂。10月、日本に戻る。グレイ・フォックス社より詩集『終わりなき山河の6つの詩編』(*Six Sections from Mountains and Rivers without End*) を出版。ボリンゲン助成金を受ける。ジョアン・カイガーと離婚。

1966　金関寿夫の自宅で上原雅と知り会う。西海岸に戻り、サンフランシスコのゴールデンゲート・パークにおいて、対抗文化の若者たちが主催する「部族の集会」にアレン・ギンズバーグらとともに参加。イギリスで詩集『詩の山系』(*A Range of Poems*) を出版。小田雪窓老師、死去。

1967　3月、日本に戻る。ナナオ・サカキ、山尾三省、長沢哲夫、山田塊也を中心とする日本の「部族」との親交が深まる。4月、サカキ、山尾、長沢、山田らと新宿安田生命ホールで詩の朗読会を開催。夏、東シナ海の諏訪之瀬島にある部族の根拠地バンヤン・アシュラムで生活。活火山の火口で上原雅と結婚式をあげる。冬は大徳寺の中村祖淮老師のもとで修行。

1968　長男、カイ(開)京都で誕生。シカゴの『ポエトリー』誌に掲載された詩に授与されるレヴィンスン賞を受賞。12月、家族でアメリカに戻る。グッゲンハイム助成金を授与される。詩集『奥の国』(*The Back Country*) 出版。父ハロルド・スナイダー死去。

1969　サンフランシスコに住む。次男、ゲン(玄)誕生。エッセイ集『地球の家を保つには』(*Earth House Hold*) 出版。夏、ナナオ・サカキと共にシエラネヴァダ山脈高地をバックパッキング。アメリカ国内の環境保護活動家たちを訪問。ブロードサイド「熊のスモーキー経」("Smokey the Bear Sutra") を印刷、サンフランシスコで開催されたシエラ・クラブ主催の「ウィルダネス・コンファレンス」の参加者らに配布。

1970　ネヴァダ・シティーの近郊、シエラネヴァダ山麓を流れる南ユバ川の北にあるサンワン・リッジに移住。友人や学生たちの支援を得て自宅「キットキットディジー」を建設。サンタ・バーバラにある民主主義研究センターにおいて、論文「ウィルダネス」を発表。詩集『波を見ながら』(*Regarding Wave*) 出版。

1972　6月、スウェーデンのストックホルムで開催された国連環境会議に出席。7月、北海道を訪れ、野生生物の調査をし、大雪山系に登る。

1973　詩集『不動三部作』(*The Fudo Trilogy*) を出版し、「熊のスモーキー経」、「悪魔払いの呪文」、「カリフォルニアの水計画」を収録。

1974　詩集『亀の島』(*Turtle Island*) 出版。ジェリー・ブラウン知事の任命により「カリフォ

ルニア州芸術審議会」の委員に就任(79年まで)。
1975 『亀の島』でピューリッツァー賞受賞。
1977 エッセイ集『古い道』(*The Old Ways*)出版。
1979 リード・カレッジでの卒業論文をもとにした『父の村で鳥を狩った男――ハイダ神話の諸相』(*He Who Hunted Birds in His Father's Village–The Dimensions of a Haida Myth*)出版。
1980 『本当の仕事――インタビューと講演集、1964-1979』(*The Real Work : Interviews and Talks, 1964-1979*)出版。
1981 夏、家族で日本・沖縄を訪れ、親戚や友人たちと交流。秋はオーストラリアでナナオ・サカキとともにポエトリー・リーディングを行なう。
1982 夏、「リング・オブ・ボーン」(Ring of Bone)禅堂、建立。秋、スウェーデン、スコットランド、イングランドでポエトリー・リーディングを行なう。
1983 詩集『斧の柄』(*Axe Handles*)、紀行集『インド旅行記』(*Passage through India*)出版。
1984 秋、トニ・モリスン、マキシン・ホン・キングストン、アレン・ギンズバーグらとともに、中華作家組合の招きで中華人民共和国各地を旅する。
1986 カリフォルニア大学デイヴィス校英文科教授に就任。詩のワークショップ、「ウィルダネスの文学」などを担当。詩集『雨の中に残されて』(*Left Out in the Rain*)出版。アメリカ芸術文学アカデミー会員となる。アラスカのブルックス山脈を旅する。
1987 上原雅と離婚。
1989 ユバ川流域協会を設立。9月、台湾に招聘され、ポエトリー・リーディングを行なう。
1990 エッセイ集『野性の実践』(*Practice of the Wild*)出版。
1991 カリフォルニア生まれの日系3世、キャロル・コウダと結婚。秋、コウダと一緒に来日、ナナオ・サカキとともに日本各地を旅する。
1992 インド北部、ラダク地方を旅する。スペインでポエトリー・リーディングを行なう。詩集『ノー・ネイチャー』(*No Nature*)出版。
1994 カイ、ゲンと共にアフリカのボツワナ共和国とジンバブウェ共和国を訪れる。
1995 エッセイ集『惑星の未来を想像する者たちへ』(*A Place in Space*)出版。アイルランドでポエトリー・リーディングを行なう。秋、キャロル・コウダ、その娘と共にサガルマータ(エベレスト山に対するネパールでの呼称)のベースキャンプまで徒歩旅行をする。
1996 洞窟壁画調査のため、フランスに旅する。長編詩『終わりなき山河』(*Mountains and Rivers without End*)出版。8月、富山県で開催された国際環境シンポジウム「都市と緑」において基調講演を行なう。
1997 3月、キットキットディジーにて山尾三省と対談を行なう。『終わりなき山河』に対してイェール大学図書館よりボリンゲン賞を授与される。7月、第13回〈東京の夏〉音楽祭に招聘され、草月ホールにてポエトリー・リーディングを行なう。オリオン協会よりジョン・ヘイ賞受賞(ネイチャーライティング部門)。
1998 春、東京で仏教伝道協会より「仏教伝道文化賞」を授与される。ギリシャとチェ

コ共和国でポエトリー・リーディングを行なう。ラナン基金よりラナン賞受賞。シエラネヴァダ地域での文学と教育支援活動に対してライラ・ウォラス・リーダーズ・ダイジェスト助成金を受ける。これにより全米から作家や詩人を招聘し、講演会やポエトリー・リーディングを開催。

1999 詩、散文、翻訳などを収録したアンソロジー『ゲーリー・スナイダー読本』(*The Gary Snyder Reader: Prose, Poetry, and Translations*)を出版。

2000 7月、全米から参加した環境活動家のグループと船でアラスカを旅しながら、船上で連続してワークショップを開催。8月、サンワン・リッジの野外ステージで3人の音楽家による演奏を交えて『終わりなき山河』全編を朗読。10月、湯島聖堂にて、ナナオ・サカキ、長沢哲夫、山尾三省ら、かつての「部族」のメンバーとポエトリー・リーディングを行なう。

2002 6月、カリフォルニア大学デイヴィス校英文科を退職、名誉教授となる。7月、第18回〈東京の夏〉音楽祭に招聘され、草月ホールにてふたりの音楽家による演奏を交え、『終わりなき山河』の詩編を中心にポエトリー・リーディングを行なう。12月6日、パリ・日本文化会館で三人の能の楽師と共演、『終わりなき山河』から「山の精」を中心に朗読、7日は「西洋文明と仏教・禅」と題するシンポジウムでフランスの宗教家・哲学者らと討論。

2003 3月、沖縄の琉球大学で開催されたASLE-Japan/文学・環境学会主催の国際シンポジウム「自然——都市、田園、野生」にて基調講演とポエトリー・リーディングを行なう。この後、東京でもポエトリー・リーディングを行なう。

2004 詩と短い散文を収録した『絶頂の危うさ』(*Danger on Peaks*) 出版。11月、第3回正岡子規国際俳句大賞を受賞し、松山で「松山への道」と題して講演。

2005 3月、ソウルで開催された国際文学フォーラムで「作家と自然に対する戦争」と題して講演。6月、オレゴンで開催されたアメリカ文学・環境学会(ASLE-USA)に招聘されポエトリー・リーディングを行なう。

2006 6月29日　キャロル・コウダ死去。

2008 ルース・リリー賞受賞(アメリカの詩人に授与される最も権威ある賞の一つ、賞金額は10万ドル)。

2009 2月、カリフォルニア中部にあるピエドラス・ブランカス・ランチでジム・ハリソンと共にドキュメンタリー・フィルム『自由のエチケット——野生の実践』を撮影。4月、カリフォルニア大学デイヴィス校ゴールド・メダル受賞(美術家のウェイン・シーボードと同時受賞)。

2011 10月、谷川俊太郎と東北地震・津波被災者のための朗読会「太平洋をつなぐ詩の夕べ」を開催(新宿明治安田生命ホールにて)。

2012 9月、アメリカ詩人アカデミーよりウォレス・スティーヴンズ賞受賞(アメリカの詩人に授与される最も権威ある賞の一つ、賞金額10万ドル)。

＊本年譜は、*The Gary Snyder Reader* (1999年)とBob Steuding著 *Gary Snyder* (1976年)に収録された年譜(Chronology)を参考にしつつ、独自の項目を適宜加えて作成した。

ゲーリー・スナイダー主要著作一覧

The Back Country. New York : New Directions, 1968.

Earth House Hold : Technical Notes & Queries to Fellow Dharma Revolutionaries. New York : New Directions, 1969.
　　邦訳は片桐ユズル『地球の家を保つには』社会思想社、1975年。

The Real Work : Interviews & Talks 1964-1979. Ed. Scott McLean. New York : New Directions, 1970.

Regarding Wave. New York : New Directions, 1970.

Turtle Island. New York : New Directions, 1974.
　　邦訳はナナオ・サカキ『対訳　亀の島』山口書店、1991年。

Myths & Texts. Totem Press, 1960 ; New York : New Directions, 1978.

He Who Hunted Birds in His Father's Village : The Dimensions of a Haida Myth. Bolinas, CA : Grey Fox Press, 1979.

Axe Handles. San Francisco : North Point Press, 1983.

Passage Through India. San Francisco : Grey Fox Press, 1983.

Left Out in the Rain : New Poems 1947-1985. San Francisco : North Point Press, 1986.

『聖なる地球のつどいかな――ゲーリー・スナイダー・山尾三省対談集』
　　山里勝己　翻訳・監修、山と渓谷社、1998年。

Riprap and Cold Mountain Poems. San Francisco : Grey Fox Press, 1965 ; San Francisco : North Point Press, 1990.
　　邦訳は原成吉『リップラップと寒山詩』思潮社、2011年。

The Practice of the Wild : Essays by Gary Snyder. San Francisco : North Point Press, 1990.
　　邦訳は重松宗育、原成吉『新版　野生の実践』思潮社、2011年。

No Nature : New and Selected Poems. New York : Pantheon Books, 1992.
　　金関寿夫、加藤幸子訳『スナイダー詩集　ノー・ネイチャー』思潮社、1996年。全訳ではないが、代表的な作品を翻訳・収録している。

A Place in Space : Ethics, Aesthetics, and Watersheds. Washington, D.C. : Counterpoint, 1995.
　　邦訳は山里勝己、田中泰賢、赤嶺玲子『惑星の未来を想像する者たちへ』山と渓谷社、2000年。

The Gary Snyder Reader : Prose, Poetry, and Translations 1952-1998. Washington, D.C. : Counterpoint, 1999.

Mountains and Rivers Without End. Washington, D.C. : Counterpoint, 1999
　　邦訳は山里勝己、原成吉『終わりなき山河』思潮社、2000年

Danger on Peaks. Washington, D.C. : Shoemaker Hoard, 2004.
　　邦訳は原成吉『絶頂の危うさ』思潮社、2007年。

あとがき

　2011年の夏、写真家の高野建三さんから電話があった。声が細く、寡黙だが快活ないつもの高野さんとは違うなと感じた。そのとき、いつもの元気な高野さんになっていただこうと思い、高野さんの写真を使って、スナイダー写真・詩文集のようなものでも考えましょうかと申し上げた。高野さんはお喜びになって、ぜひやりたいとおっしゃった。

　なぜそのようなことを提案したかというと、それは1997年3月、高野さんが、ゲーリー・スナイダーの住居キットキットディジーとその周辺を自由に写真に撮ることをスナイダー氏から許可され、膨大な数の写真を撮っていたからであった。高野さんは、キットキットディジーのほぼすべてを写真に収めた世界で初めての写真家となった。その写真のいくつかが、ゲーリー・スナイダー・山尾三省対談集『聖なる地球のつどいかな』に使われたが、それでもあまりにも多くの写真が未公開となっていた。東日本大震災の衝撃が日本を揺さぶり、地球温暖化の影響が直に感じられる今日、高野さんがお撮りになったスナイダー自身やその住居、そしてその生き方が、今のわたしたちに深い示唆を与えるものになるのではないか、と私は高野さんに申し上げたのであった。

　私は電話での会話のあと、すぐに97年の対談を企画した三島悟氏に連絡をとり、同氏の賛同を得てスナイダー氏にもメールを送った。氏も賛同されたのですぐに編集に取りかかったが、途中で私自身の体調が思わしくない時期があり、刊行が予定より大幅に遅れてしまった。そして、2012年の夏のある日、三島氏からの電話で、高野さんがお亡くなりになったことを知らされた。痛恨の極みであった。

　この本は、高野さんのご本であり、高野さんに捧げる本である。高野さんが本を開いて頷いてくださることを祈るばかりである。　　　　　（山里勝己）

*

　このあとがきは、本来ならば本書の写真を担当された高野建三さんが書く予定になっていた。しかし、山里さんの指摘のように高野さんは2012年の8月、残念ながら亡き人となってしまった。同世代の詩人、山尾三省の死から11年目、また敬愛する人を喪ってしまった。今回、担当編集者として、何度となく掲載写真をめぐってやりとりしたのが、今では楽しい思い出になってしまった。

　高野さんとは、私が元在籍していた山と溪谷社の時からのおつき合いで、『宮沢賢治　イーハトーヴの光と影』という写真集や、山尾三省とゲーリー・スナイダーの対談集『聖なる地球のつどいかな』など、多くのすばらしい仕事をさせていただいた。ゲーリーや山里さんともその頃からのご縁で、今回の企画となった。本書を高野さんの霊前に捧げるとともに、ゲーリー、山里さん、エッセイを寄せていただいた宮内勝典さん、長沢哲夫さん、デザイナーの松澤さん、発行元の野草社の石垣さん、竹内さんに深く感謝申し上げたい。　（三島　悟）

ゲーリー・スナイダー　Gary Snyder

1930年、サンフランシスコ生まれ。リード・カレッジで文学、人類学を専攻。インディアナ大学大学院で言語学を専攻するも、1学期で退学。カリフォルニア大学のバークレー校で日本語と中国語を学ぶ。50年代中頃、アレン・ギンズバーグやジャック・ケルアックなどと共にビート世代の代表的存在となる。56年から68年まで日本に滞在、禅の修行を行なう。その間にサカキ・ナナオ、山尾三省らの「部族」の仲間たちと知り合う。帰国後、70年にシエラネヴァダ山麓に自力で家を建てる。エコロジカルな生活を実践しつつ、カリフォルニア大学教授、文筆活動、ポエトリー・リーディング、環境保護など多彩な活動を展開。アメリカを代表する詩人で、ピュリッツアー賞、ボリンゲン賞などを受賞。98年には日本の仏教伝道文化賞を受賞。詩集として『亀の島』（山口書店）、『ノー・ネイチャー』『終わりなき山河』（思潮社）など多数。エッセイ集に『地球の家を保つには』（社会思想社）、『野性の実践』（思潮社）、『惑星の未来を想像する者たちへ』（山と溪谷社）などがある。

高野建三（たかの・けんぞう）

1938年、東京生まれ。建築写真やコマーシャル撮影のかたわら、アウトドアの世界を撮り続けた。フライフィッシングとアウトドア写真の草分けとして知られ、月刊雑誌などに数多くの写真を発表してきた。1982年から、ライフワークとして北上川流域の自然と宮沢賢治の世界を撮り始める。著書に写真エッセイ『旅と溪』『宮沢賢治 イーハトーヴの光と影』（山と溪谷社）などがある。日本写真家協会会員。2012年8月逝去。

山里勝己（やまざと・かつのり）

1949年沖縄生まれ。カリフォルニア大学大学院博士課程修了、アメリカ文学専攻、Ph.D. 名桜大学教授、琉球大学名誉教授。2001年～2004年、ASLE-Japan／日本・文学環境学会代表を務める。主な著書に『場所を生きる』（山と溪谷社、2006年）、Literature of Nature：An International Sourcebook（共編、Fitzroy and Dearborn, 1998）、『楽しく読めるネイチャーライティング　作品ガイド120』（共編、ミネルヴァ書房、1998年）、『自然と文学のダイアローグ　都市、田園、野生』（共編、彩流社、2004年）、『戦後沖縄とアメリカ　異文化接触の50年』（共編、沖縄タイムス社、1995年）、訳書に『聖なる地球のつどいかな』ゲーリー・スナイダー・山尾三省対談集（山と溪谷社、1998年／野草社、2013年）、『惑星の未来を想像する者たちへ』ゲーリー・スナイダー著（共訳、山と溪谷社、2000年）、『終わりなき山河』ゲーリー・スナイダー著（共訳、思潮社、2002年）などがある。

ゲーリー・スナイダー
For the Children
子どもたちのために
2013年4月25日　第1版第1刷発行

著　　者	ゲーリー・スナイダー
写　　真	高野建三
編　　訳	山里勝己
編　　集	MARU書房　三島 悟 東京都東村山市野口町3-11-8　〒189-0022 電話　042-391-2365 Email : smishima@mua.biglobe.ne.jp
ブックデザイン	松澤政昭
発 行 者	石垣雅設
発 行 所	野草社 東京都文京区本郷2-5-12　〒113-0033 電話　03-3815-1701 ファックス　03-3815-1422 静岡県袋井市可睡の杜4-1　〒437-0127 電話　0538-48-7351 ファックス　0538-48-7353
発 売 元	新泉社 東京都文京区本郷2-5-12 電話　03-3815-1662 ファックス　03-3815-1422
印刷・製本	東京印書館

ISBN978-4-7877-1381-0　C0095

野草社の本

ゲーリー・スナイダー、山尾三省
山里勝己編訳
聖なる地球のつどいかな
四六判上製・288ページ・定価2200円＋税

*

山尾三省

ここで暮らす楽しみ
四六判上製・352ページ・定価2300円＋税

森羅万象の中へ
その断片の自覚として
四六判上製・256ページ・定価1800円＋税

インド・ネパール巡礼日記①
インド巡礼日記
四六判上製・504ページ・定価3000円＋税

インド・ネパール巡礼日記②
ネパール巡礼日記
四六判上製・500ページ・定価3000円＋税